CLAROS
VARONES
DE BELKEN

D0858653

Bilingual Press/Editorial Bilingüe

CLAROS VARONES
DE BELKEN

Fair Gentlemen of Belken County

by
Rolando Hinojosa

Translated from the Spanish
by Julia Cruz

Bilingual Press/Editorial Bilingüe
TEMPE, ARIZONA

ISBN: 0-916950-64-6
Printed simultaneously in a softcover edition. ISBN: 0-916950-65-4

Library of Congress Catalog Card Number: 85-73395

PRINTED IN THE UNITED STATES OF AMERICA

Cover design by David Mazur and Jennifer Bethke

Acknowledgment

This volume is supported by a grant from the National
Endowment for the Arts in Washington, D.C., a federal
agency.

Fic
cop.1

Contents

Fair Gentlemen of Belken County

(Tying up some loose ends)

Presented in parts

and

In this order:

Rafe Buenrostro

Jehú Malacara

P. Galindo

Jehú Malacara

Rafe Buenrostro

Esteban Echevarría

Claros Varones de Belken

(Atando cabos)

Donde se va por partes

y

Cada una vista en este orden:

Rafa Buenrostro

Jehú Malacara

P. Galindo

Jehú Malacara

Rafa Buenrostro

Esteban Echevarría

Here is where our story begins; brace yourselves.

> Andrés Buenrostro Rincón
> 1729–1801

Senator, when one of those Valley Mexicans says *yesterday* he probably doesn't mean 'yesterday' as such. Like as not, he's most likely talking about 1850 or 1750, even. It's hard to say; I can't understand 'em myself, half the time.

> Capt. Rufus T. Klail
> 1850–1912

In the Valley, in this Valley covered by ranches and towns, there are families in hiding. But make no mistake, they're not doing it out of shame. They're hiding out because they know who they are.

> Cipriano Villegas Malacara
> 1855–1933

So, they want to deport us? Where to? See here, go out to those cemeteries on this side of the river. Sure, let those guys in uniform go see who was here first, before anyone else.

> Teófilo Barrera
> 1880–1950

The land, in part, was taken away from the old people; in part, we ourselves also lost it and others sold it. That's all in the past ... and, anyway, the land neither dies nor goes off anywhere. Let's see if my children or theirs, when they have them ... let's see if they keep it or recover some of it.

If they also take away or if we lose or sell our language, then there will be no remission. The day Spanish dies, this will no longer be the Valley.

> Jesús Buenrostro
> 1887–1946

Aquí empieza lo nuestro; claven esas estacas.

>   Andrés Buenrostro Rincón
>   1729–1801

Senator, when one of those Valley Mexicans says *yesterday*, he probably doesn't mean 'yesterday' as such. Like as not, he's most likely talking about 1850 or 1750, even. It's hard to say; I can't understand 'em myself, half the time.

>   Capt. Rufus T. Klail
>   1850–1912

En el Valle, en este Valle lleno de ranchos y pueblos, hay familias escondidas. Pero no se engañe nadie no, no lo hacen por vergüenza. Lo hacen por la fe ciega de saber quiénes somos.

>   Cipriano Villegas Malacara
>   1855–1933

Conque nos quieren deportar. ¿A dónde? A ver, váyanse a los cementerios de este lado del río. Sí; que vayan allí esos del uniforme para ver quién llegó aquí antes que nadie.

>   Teófilo Barrera
>   1880–1950

La tierra, en parte, se la quitaron a los viejos; en parte, nosotros mismos también la perdimos y otros más hasta la vendieron. Eso ya pasó . . . y, como quiera que sea, la tierra ni se muere ni se va a ningún lado. A ver si mis hijos o los de ellos, cuando los tengan . . . a ver si ellos la mantienen o si recobran parte de ella.

Si también nos quitan o si perdemos o vendemos el idioma, entonces no habrá remisión. El día que muera el español, esto dejará de ser el Valle.

>   Jesús Buenrostro
>   1887–1946

IN LIEU OF A PREFACE,

a few fleeting words. As some of us know, *Fair Gentlemen of Belken* is the fourth part to "Klail City Death Trip"; the people are still the same and what happens is, too. The land hasn't changed, either.

Another thing that doesn't change is the continued insistence on showing things the way they are. Sometime in the past, I said that there was room for everyone and so there was no need to push; I see no reason to change my opinion on this.

Without doubt, this business of writing is less difficult than burying people one knows, than lifting a piano, or than putting up with certain people. Come to think of it, sometimes it is also easier than examining one's conscience. It might be mentioned that an advantage to writing is that one works alone.

There are worse jobs.

En vez de prólogo,

unas palabras a salto de mata. Como se sabrá, *Claros varones de Belken* viene siendo la cuarta parte de 'Klail City Death Trip'; la gente sigue siendo la misma y lo que se ve también. Lo que tampoco cambia es la tierra.

Otra cosa que no cambia es el seguir insitiendo, dale que dale, en contar las cosas como son. En otras ocasiones dije que había campo para todos y que no había para qué empujar; no veo razón alguna por qué cambiar de parecer.

Ciertamente, esto de escribir es menos difícil que enterrar a gente conocida; que levantar pianos; o que aguantar a los pesados. Bien visto, a veces también es más fácil que un examen de conciencia. Cabe mencionar que un beneficio en esto de escribir es que se trabaja solo.

Hay peores oficios.

14

To Whom It May Concern

In the lengthy chronicle, among sundry things, events in the lives of Rafe Buenrostro, Esteban Echevarría, Jehú Malacara,* and P. Galindo will be related.

One works with what one's got; including and mostly, one works at what one can. When there's great need: in come what may.**

---

*In another lifetime, with Brother Tomás Imás, he already knew a little about the church game, as is well known; when he presented himself to the army for the first time, he put down religion as an aptitude and after basic training, they assigned him to sweeping the camp's chapel. Using a term which, in due time, Pope John XXIII made popular, the military chapel became very *ecumenical*. Besides sweeping, he also gave close shaves to the chaplains (in the barber sense) and learned to write letters to the Red Cross and other auxiliary services which function as — to quote Julius Caesar — obstacles to any army. He spent a goodly time reading the Bible, and while in the state of Virginia, he enrolled at William and Mary College which is located less than ten miles from Fort Eustis. He outdid himself in two courses in the religion department of W and M: *Mark, Luke* and *John* and his favorite, the Old Testament, *Leviticus* (the *Third Book of Moses*). After class, he and the professor, named Herrick or Kerrick, would discuss Saint Paul since, according to Jehú, both were very interested in the "hysterical, epileptic and womanizing man." Later, when the Reserve called him back into service, he served as a Protestant assistant chaplain in Korea.

**Loafing, let's just call it that, is something else and has other paths, other routes and other courses. This stuff about loafing is something mysterious and persistent, something plentiful and unfathomable. Something like heat rash, let's say. Let's be very clear about this; it's not a matter of proverbs (Once a bum, always a bum or, once upon a time, the archangel, trumpet in hand . . .). Loafing, as we were saying, is acquired at birth, in the genes, from his "duende" as they say in Belken. It has something to do, in the end, with the Valley folks; as Indalecio Peña used to say, "Valley folks work hard, are ill-fed and well-screwed people."

A QUIEN PUDIERA INTERESAR

En este cronicón se contarán, entre cosa varia, casos en las vidas de Rafa Buenrostro, Esteban Echevarría, Jehú Malacara,* y P. Galindo.
Uno trabaja con lo que tiene; incluso y mayormente, uno trabaja en lo que puede. Cuando hay mucha necesidad: en lo que salga o saliere.**

* En otra vida, con el hermano Tomás Imás, ya entendía algo del juego eclesiástico, como se sabe; cuando se presentó al ejército por primera vez, puso religión como aptitud y después del primer entrenamiento, me lo pusieron a barrer la iglesia del campamento. Usando término que, andando el tiempo, se popularizó por Juan Veintitrés, el templo militar era bastante *ecuménico*. Además de barrer, también les hacía la barba a los capellanes (en el sentido barberil) y se enseñó a escribir cartas a la Cruz Roja y a los otros servicios auxiliares que sirven—aquí Julio César—como *impedimenta* a cualquier ejército. Mucho del tiempo se lo pasó leyendo la biblia y mientras se encontraba en el estado de Virginia, se inscribió en William and Mary que queda a menos de 10 millas del campo militar de Eustis. Se echó dos materias en el departamento de religión de W and M: *Mark, Luke,* and *John* y, de su predilecto viejo testamento, *Leviticus* (*The Third Book of Moses*). Después de clase, él y el profesor, un tal Herrick o Kerrick, discutían a San Pablo por estar ambos, según Jehú, interesadísimos en ese hombre 'histérico, epiléptico, y viejero.' Más tarde, cuando la reserva lo mandó llamar nuevamente, sirvió como asistente de capellán protestante en Corea.

** La huevonada, por llamarla así, es otra cosa y tiene otras rutas, otras hondas y otros derroteros. Esto de la huevonada es algo misterioso y persistente, algo abundante e insondable. Algo como el salpullido, digamos. Entiéndase bien, no se trata de dichos (el que huevón nace, ni el cascarón deshace; o, una vez el arcángel, trompeta en mano . . .) La huevonada, decíamos, viene de nacimiento; en los genes; de 'su genio' como dicen en Belken. Se trata, por fin, de la gente del Valle; como decía Indalecio Peña: 'Gente del Valle; gente trabajada, mal comida, y bien cojida.'

Where Another Life
of Rafe Buenrostro Is Seen

Raul Serna, Lorenzo Castillo, and Armando Ledesma took no part during that business in Korea; in June of that year of 1950, the People's Army of the Republic of North Korea crossed the dividing line of the now well-known 38th parallel; a month later when the Immun Gun armies were advancing towards the Pusan Peninsula, those three took off across the border by way of Jonesville-on-the-River.

They went to live with cousins and relatives some 165 miles south of the Río Grande River, in Monterrey, Nuevo León. In the 1940's, as children, they had left there to go live with some other relatives in Klail. They grew up just as we did; they were too young for World War II but they were just right for the one in Korea.

It may be of little interest, but the three of them did very well in Mexico. Those who did not do at all well in Korea were Charlie Villalón, Pepe Vielma, Tony Balderas, David the "uncle," and others who died some 10,000 miles away from Belken County.

Donde se ve otra vida
de Rafa Buenrostro

Raúl Serna, Lorenzo Castillo, y Armando Ledesma se salvaron el pellejo cuando lo de Corea; en junio de aquel año del cincuenta, el ejército popular de la república de Corea del Norte cruzó la línea divisoria del ahora bien conocido paralelo 38; al mes, cuando los ejércitos del Immun Gun avanzaban hacia la península de Pusán, aquellos tres cruzaron el puente por Jonesville-on-the-River.

Se fueron a vivir con primos y parientes a unas 165 millas al sur del Río Grande, a Monterrey, Nuevo León. De allí, siendo niños, habían salido en los años cuarenta a irse a vivir con unos familiares en Klail. Se criaron igual que nosotros; no tenían la edad para la Segunda Mundial pero sí estaban en sazón para la de Corea.

Quizá carezca de interés, pero a los tres les fue bien en México. A los que no les fue tan bien en Corea fue a Chale Villalón, a Pepe Vielma, a Tony Balderas, a David 'el tío,' y a otros que murieron a unas 10,000 millas de Belken Country.

Margarita Cantú is called Maggie by kind and gentle folk; others, realistically and naturally, call her "Hunch," short for her visible hunchback. Margarita could care less: she's got her health and she's also got the bar that she inherited from her father years ago; she also has a rooming house and boarders to fill it up.

At closing time, while we check out the day's receipts, Margarita says: "Don't worry if you're bald by the time you're twenty-eight years old, Rafe; at twenty-eight what you want is money, and whether you're bald or not, it hardly matters, if at all."

No longer young, Margarita is planning to leave her money to her closest nephews: to Robe, first known as "Shitter" then later, as "Three" (because of the red billiard ball) and to Rogelio whom they call Gar-handles.

Two blocks from the *Aquí me quedo* bar, on the right hand side and two blocks short of the North Ward School (the *raza's* school) there was a house we called "the *Guate* house." (I don't know why we'd call it that.) There, during a winter when the streets of Klail froze—a rare event—one of the *Guates* died, of phthisis according to some, of something else according to others, even though nobody knew anything for certain.

That same cold season, Jehú came to stay with us on the land of the Carmen ranch. He related the following, "That house we see close to the school every day is not the same house. Let me see if I can make myself clear: the *Guate* house burns down every night at midnight and rebuilds itself at dawn. How about that?"

That was a long time ago and the *Guates* all moved or died. At that time, Jehú used to tell the story really well. Actually, each time he told it, it got better.

When I asked him if he believed that stuff about the house, Jehú answered, "What? You think I'm nuts? What the hell's wrong with you?"

A Margarita Cantú cierta gente bien intencionada la llama 'Mague'; otros, realistas y naturales, la llaman 'joro,' apocopación de la joroba que muestra en las espaldas. A Margarita le importa poco: tiene su salud y amén de la cantina que le dejó su padre antes de que yo naciera, también tiene una casa con cuartos para alquilar y sus clientes con que llenarlos.

Al cerrar el local, cuando hacemos las cuentas, me dice Margarita: "No te preocupes si a los veintiocho años quedas calvo, Rafa; a los veintiocho lo que quieres es dinero; si quedas pelón o no, importa bien poco o casi nada."

Nada joven, Margarita piensa dejar su dinero a unos sobrinos de cuidado: al Robe, primero *Cagón* y más tarde *Three* (por lo de la bola colorada de billar) y a Rogelio al que llaman *Cachas de catán.*

A dos cuadras del *Aquí me quedo*, a la mano derecha y poco antes de llegar a la North Ward School (la escuela de la raza) había una casa que llamábamos 'la casa de los guates.' (Ignoro por qué la llamábamos así.) Allí en un invierno cuando las calles de Klail se helaron—suceso único—uno de 'los guates' se murió; que de tis unos, que del 'desarrollo' otros, aunque nadie sabía nada de nada.

Esa misma temporada de frío, Jehú vino a quedarse con nosotros en las tierras del rancho del Carmen. Contó lo siguiente: "Esa casa que vemos rumbo a la escuela todos los días, no es la misma casa. A ver si me explico: la casa de los guates se quema todas las noches a la media noche y se vuelve a construir por sí sola a la madrugada. ¿Qué tal?"

De eso ya hace tiempo y los guates se mudaron o se murieron todos. En ese tiempo, Jehú contaba el cuento muy bien. En realidad, cada vez mejor.

Cuando le pregunté si él creía lo de la casa, Jehú respondió: "N'hombre; ni que estuviera loco. ¿Qué chingaos tienes?"

Fanny Olmedo has been a widow for three years; she married Julio
Gavaldón a few months after I returned from Korea. Fanny and
I saw each other several times, and soon I became aware that she
was getting serious. I explained to her that I wasn't going to waste
her time nor get married and that's how she took it. Soon after,
I spent a little over a year in El Carmen without showing my face
in Klail.

That's how it is. In spite of the years that Julio Gavaldón and
I had known each other, during the period of his marriage to Fanny, he never spoke to me again.

The way I felt, I didn't want to remarry. Having been married
to Conce Guerrero, I, too, experienced widowhood when Conce
drowned along with her parents one Easter Sunday just before the
war.

One month later, the reserve had called me into active duty: that
time, it turned out to be a blessing.

This happened fifteen years ago: Two men, later I found out they
were drunk, started to fight at the bar that used to be in front of
a butcher shop where my father had gone to see some people. They
were thrown out of the bar and the fight continued outside; suddenly, one of them got a gun out and the other one did, too. (I
was between them, although sitting in the car.)

There they were, both of them, gun in hand, when suddenly my
father dashed out of the butcher shop, swearing and kicking and
throwing punches: He nearly broke the nape of the neck of the first
one with a hand chop; then he ran around the car and disarmed
the second man. He was about to give them a thrashing when he
saw I was O.K.; then, calming down, he became aware that the two
men were drunk. Almost instantly, he got someone to sit them up
on the sidewalk and had the pharmacist tend to them. One of them
still lives on one of the lots my father distributed just before he died.

Fani Olmedo lleva tres años de viuda; se casó con Julio Gavaldón a los pocos meses de volver yo de Corea. Fani y yo nos vimos varias veces y pronto me di cuenta que la cosa iba en serio. Le expliqué que yo no estaba allí ni para perderle el tiempo ni tampoco para casarme y así fue que ella aceptó lo dicho. Después de esto, pasé poco más de año en el Carmen sin asomar la cara en Klail.

Como son las cosas. A pesar del tiempo que nos conocimos, Julio, en el tiempo que estuvo casado con Fani, no volvió a dirigirme la palabra.

De mi parte, yo no quería casarme nuevamente; casado con Conce Guerrero, yo también supe lo que fue la viudez cuando Conce se ahogó con sus padres un domingo de pascuas poco antes de la guerra.

Al mes me había mandado llamar la reserva; el ejército, en esa ocasión, fue casi una bendición.

Ya van para más de quince años que mi padre creyó verme en peligro: dos hombres, más tarde supe que andaban borrachos, empezaron a pelearse en la cantina que daba en frente de una carnicería donde mi padre acababa de entrar. Los echaron de la cantina y el pleito siguió afuera; de repente, uno de ellos sacó una pistola y el otro también. (Yo estaba en el medio, sentado en el carro.)

Allí estaban los dos, pistola en mano, cuando mi padre salió corriendo de la carnicería echando madres y tirando patadas y golpes: al primero casi lo desnuca con un manazo que le arrimó; luego rodeó el carro y desarmó al otro. Así que vio que yo estaba bien, a cada uno le iba a atizar una paliza, cuando más calmado ya, se dio cuenta que los hombres andaban borrachos. Casi al instante, mandó que alguien los sentase en la banqueta y ordenó que trajeran a algún farmacéutico. Uno de ellos aún vive en uno de los solares que mi padre repartió poco antes de morir.

Friendship can all of a sudden pop up at any time. Not for everybody, that's true, nor forever, since that would be asking too much. But it's there, just as death is, and one never knows from where it's going to come.

Not very long ago in Bascom, an old, old man stopped me on the sidewalk. "Let's have that hand . . . you're 'Quieto's' son, right? I don't know your name but you're 100 percent Buenrostro. It's obvious from your looks and demeanor, youngster; you can't deny it."

He turned out to be an acquaintance of my father's; he brought out names, dates, details, and sent regards to Esteban Echevarría. He also stated that don Javier Leguizamón was very old; worn out, he said. It had been years since I'd thought about *that* piece of garbage.

The old man's name was Vicente Téllez and he died shortly after we met; except for Esteban, nobody in Klail remembered him.

According to Esteban, Téllez was another one of those men among whom my father distributed the land near Bascom.

La amistad, de repente, está a la mano. No para todos, ciertamente, ni tampoco para siempre, que ya sería mucho pedir. Pero, de todos modos, se está presente igual que la muerte y uno nunca sabe por dónde va a saltar.

No hace mucho que en Bascom, un señor ya viejo, me detuvo en la banqueta: "Venga esa mano . . . tú eres del 'Quieto,' ¿verdad? No sé cómo te llamas pero eres puro Buenrostro. Se te ve en la pinta, muchacho; no lo puedes negar."

Resultó ser un conocido de mi padre; sacó nombres, fechas, detalles, y mandó recuerdos a Esteban. También dijo que don Javier Leguizamón estaba muy viejo; muy acabado, dijo. Yo tenía años de no pensar en esa basura.

El viejito se llamaba Vicente Téllez y murió poco después de habernos conocido; descontando a Esteban, nadie en Klail se acordaba de este señor de Bascom.

Según Esteban, Téllez era otro de esos hombres a quien mi padre repartió tierras cerca de Bascom.

Yes, the man in charge of the draft board in World War II was also in charge of the same for the Korean War. Since several of us had joined as volunteers before our eighteenth birthday, we didn't get to meet him. Then the Korean thing came up and after that the reserve called us in. Anyway, I didn't get to meet him until much later when I went to the courthouse in Klail: He had a new office and his new civil service job with the Veterans' Administration.

He told me that although my discharge was three years old I still had time to use the GI Bill. He then advised me to enroll in some federal program that would teach me how to build fishing boats. He also told me that if I had any ambition I could well attend high school with the same GI Bill.

His secretary was Mexican-American, and she'd nod her head in agreement.

The following September, I started my university studies at Austin with Jehú; there, among others, I met Bob Peñaloza; he was the brother of Miss Peñaloza, secretary to "The rowboat Anglo," as Jehú called him.

Bob Peñaloza was very active in the Newman Club and other stuff. (Jehú and I went to one—one—of the Newman Club dances and had enough to last us a lifetime.)

Sí; el encargado del Draft Board en la Segunda Mundial también
se encargó de lo mismo cuando la guerra de Corea. Como muchos
de nosotros nos habíamos ido como voluntarios antes de cumplir
los dieciocho años, no llegamos a conocerlo. Después vino lo de Corea y entonces nos mandó llamar la reserva. En fin, no llegué a conocerlo hasta mucho después cuando fui a la casa de corte en Klail:
allí tenía su despacho y su nueva chamba de *civil service* con la
Veterans' Administration.

Me dijo que a pesar de haber sido ya casi tres años de haberme
licenciado del ejército, aún quedaba tiempo para usar el G. I. Bill.
Luego me aconsejó que me inscribiera en un programa federal que
me enseñaría a construir lanchas para la pesca. También dijo que
si yo tenía ambición, bien podía asistir a la escuela secundaria con
el mismo G. I. Bill.

La secretaria era raza y accedía con la cabeza.

Ese septiembre empecé los estudios universitarios en Austin con
Jehú; allí, entre otros, conocí a Bob Peñaloza; era nada menos que
el hermano de Miss Peñaloza, la secretaria "del bolillo de las lanchas" como le puso Jehú.

Bob Peñaloza era muy activo en el Newman Club y en otras suertes
por el estilo. (Jehú y yo fuimos a uno de los bailes del Newman una
vez y quedamos muy bien servidos.)

Now that I am in Austin, Esteban stays at Aaron's place; Esteban isn't well and is better off there.

During the December vacation, I took him over to the Four Families' Cemetery where he is to be buried someday; it was there that he said, "You see those tombstones between the palm and the ebony tree? The headstones belong to Jacob and Heinrich Stahl."

I already knew about the Stahls; they'd been born in Germany and they'd come to the Valley young and married two of my maternal grandaunts.

Echevarría: "Heh ... they knew how to behave right. Yes, they were good people. They weren't at all like that other European, that Spaniard who married your grandaunt on your father's side. That son-of-a-bitch arrived here starving to death ... Yessir. He had a bunch of kids who luckily turned out well. No point going into that, but he never wanted to have anything to do with the Buenrostros ... No matter: I buried him in this cemetery, too. Look at him, over there, on the *other* side of the fence. Ha!"

Ahora que estoy en Austin, Esteban vive en casa de Aarón; Echevarría anda medio enfermo y allí se está mejor.

Durante las vacaciones de diciembre, lo llevé al cementerio de las Cuatro Familias donde a él lo vamos a enterrar; allí fue donde me dijo: "¿Ves esas dos tumbas entre la palma y el ébano? ¿Las de don Jacobo y don Enrique Stahl?"

Yo ya sabía de los Stahl: habían nacido en Alemania y llegaron al Valle de jóvenes y se casaron con dos de mis tías abuelas maternas.

Echevarría: "Je . . . supieron portarse. Sí; eran buenas gentes. No eran como ese otro europeo, el gachupín ese que se casó con tu tía abuela paterna. Ese cabrón llegó aquí muriéndose de hambre . . . Sí. Tuvo un bolón de hijos que por suerte le salieron bien. Ni pá qué te cuento, pero nunca quiso saber nada de los Buenrostro . . . No importa: a ese también lo cubrí de tierra en este cementerio. Míralo, allá; al otro lado de la cerca. ¡Je!"

At the end of our first year at the university, Jehú and I went along with Juan Santoscoy and Martin San Esteban to visit some Austin Mexican families, Israel had told me that Aaron and others from the Valley had recommended them as good people. We had a good time and they treated us right. The only bad part was the strong wedding-related air about it all. We didn't go back.

Of the four of us, not a one had a car; wouldn't even think about going to the Newman Club. Santoscoy had a girlfriend in Ruffing and San Esteban, in Edgerton. Jehú and I, five years older than they, didn't hang out with what few Valley Mexican-Americans there were: they lived in dormitories and all of them—and I do mean all—were majoring in pharmacy.

In the small library where we'd work, there was just about everything to read; now and then some little Anglo girl dropped by and, sometimes one of us, depending, provided her with whatever service she might require.

Jehú is taking five advanced courses: Two in English, two in history, and one in Chinese and Japanese geography. One of the courses in English covers seven Shakespearean tragedies; the other one is on Milton. Jehú says that if Shakespeare were alive, the two of them would get along well. Not so with Milton; Jehú says that Milton was a son-of-a-bitch who'd be right at home in Belken County and, especially, in Ruffing.

In history, one course is on contemporary Mexico and the other deals with U.S. history since 1900: deadly writing, according to Jehú. The geography course is a toughie. Someone had told him otherwise, but Jehú has had to bone up on economics and statistics. Jehú says he won't quit though. We'll see.

Yesterday, our GI Bill checks arrived and we treated ourselves to five cases of beer for the month; with what we earn at the library plus what we get for writing papers for the Alpha Phi's and the Theta's, we're doing O.K.

Casi a fines del primer año en Austin, Jehú y yo fuimos con Juan
Santoscoy y con Martín San Esteban a visitar a unas familias mexicanas; Israel me había contado que Aarón y otros del Valle las
recomendaban como buenas gentes. La pasamos bien y se portaron
de lo mejor. Lo malo era que el tufo a casorio era bastante fuerte.
No volvimos.

De los cuatro, ninguno tiene carro; al Newman ni por pienso; Santoscoy tiene novia en Ruffing y San Esteban en Edgerton. Jehú y
yo cinco años mayores que ellos, tampoco nos juntamos con la poca
raza del Valle: viven en dormitorios y todos—pero todos—estudian
farmacia.

En la biblioteca pequeña donde trabajamos hay de todo para leer;
de vez en cuando cae una bolillita y a veces uno de los dos, depende,
le hacemos el favor.

Jehú está tomando cinco materias avanzadas: dos en inglés, dos
en historia y una sobre la geografía de China y el Japón. Un curso
de inglés cubre siete tragedias de Shakespeare; el otro es sobre Milton.
Jehú dice que si Shakespeare viviera, los dos se llevarían bien. Con
Milton no; Jehú dice que Milton era un sanababiche que estaría
a sus anchas en Belken County y, especialmente, en Ruffing.

En historia un curso es sobre el México contemporáneo y el otro
trata la historia estadounidense desde 1900: el primero ni fu y el
segundo ni fa, según Jehú. El de geografía es bastante difícil; alguien
le había dicho que no y luego resultó que sí; hay mucha economía
y mucha estadística. Jehú dice que no se rajará. Veremos.

Ayer nos cayeron los cheques del G. I. Bill y nos compramos las
cinco cajas de cerveza para el mes; con lo que ganamos en la biblioteca
más con lo que sacamos escribiendo *papers* para las Alpha Phis y
las Zetas, vamos saliendo.

Before the Christmas holidays, Jehú and I, after a biology lab, celebrated the Battle of Chongchon where we caught a beating and where Charlie Villalón fell.

Jehú didn't find out about Charlie's death until much later; I found out that following May of '51. (At that time, the late Pepe Vielma and I tied one on that lasted three-four days.) To make things worse, some chaplain joined us; it was just like a baptism at the Lara's, and that's really something!

In Austin, the thing was a lot quieter; maybe also more serious, although that doesn't mean it was felt less.

At the Belken hospital.

"You're just going to have to spell that out for me . . ."

"It's B-U-E-N . . ."

"Not so fast . . . how's that again? B-U-E what?"

"N; B-U-E-N . . ."

"R?"

"R-O-S-T . . ."

"S-T?"

"S-T-R-O."

"S-T-R-O, and you don't have to use that tone of voice, young man. How do you pronounce that anyway?"

"Buenrostro."

"Booen . . . oh, forget it, I'll never pronounce *that*. What's your blood type?"

"A."

"Are you sure about that?"

"Yes."

"O.K., just sit over there and fill this out."

Antes de las vacaciones de Navidad, Jehú y yo, después de un laboratorio de biología, celebramos la batalla del Río Chongchon donde nos dieron en la torre y donde cayó Chale Villalón.

Jehú no supo de la muerte de Chale hasta mucho después; yo lo supe al mayo siguiente. (En esa ocasión, el difunto Pepe Vielma y yo nos enganchamos un cuete de falda afuera y de bragueta abierta.) Para acabarla, se nos agregó un capellán que le entró a la parranda; aquello parecía bautizo en casa de los Lara, que ya es decir algo.

En Austin, la cosa fue más escueta; quizá también más seria, aunque no por eso menos sentida.

En el hospital.

"You're just going to have to spell that out for me . . ."

"It's B-U-E-N . . ."

"Not so fast . . . how's that again? B-U-E, what?"

"N; B-U-E-N-R . . ."

"R?"

"R-O-S-T . . ."

"S-T?"

"S-T-R-O."

"S-T-R-O, and you don't have to use that tone of voice, you know. How do you pronounce that anyway?"

"Buenrostro."

"Booen . . . oh, forget it, I'll never pronounce *that*. What's your blood type?"

"A."

"Are you sure about that?"

Yes."

"Okay, just sit over there, and fill this out."

The accident was no big thing; a bruised arm and a wrenched back, but I fainted from the pain, anyway.

According to Esteban, a front tire blew out and what with the rain and everything else, we headed straight for the palm tree. The little old man came out of it O.K. and said he was just too old to be treated for fright.

Nothing serious about my back, but since I couldn't walk because of the pain, they kept me in the Klail hospital for seven days. I spent the other week with Israel and my sister-in-law.

By mid-January, I was ready to go back to Austin to start the new semester.

Two days before they let me out of the hospital, they put an old man in my room who had visitors in and out most of the day. They came in all sizes and all ages; he'd complain to everyone about how sick he was and how much pain he had, about how much he was suffering, etc. At night he'd smile and try to make conversation with me but I'd pretend to sleep.

The day before I checked out, while I was packing and waiting for Echevarría to come for me, Cárdenas, that was the man's name, sat up on his bed and said, "My relatives will be along anytime now ... I know full well who you are ... you're the second of the Buenrostros boys. I'm younger—though not by much—than the drunkard, I mean, Echevarría. Say *hello* to him when you see him." I told him that Esteban would be there soon enough, and that made him cough.

That afternoon, Esteban came by and snubbed Cárdenas on the spot. That evening, at home, Esteban rolled and lit a cigarette for me, "Here, smoke this Black Duck ... Look, that old man's name is Pedro Cárdenas and in his day he was Alejandro Leguizamón's bodyguard ... You know about that. Your uncle, unarmed, handled both of 'em easily enough; that's all there is to that."

El accidente no fue gran cosa; un brazo algo magullado y un golpe en la espalda que me desmayó por el dolor.

Según Esteban, una llanta delantera se ponchó y con la lluvia y todo nos fuimos derechitos a la palma. El viejito salió bien y dijo que él ya estaba muy viejo para que lo curaran de susto.

Nada serio en la espalda pero como yo no podía andar a causa del dolor, me tuvieron por siete días en el hospital en Klail. Pasé la otra semana con Israel y mi cuñada.

A mediados de enero estaba listo para volver a Austin a tiempo para empezar el semestre nuevo.

A dos días para salir del hospital, me alojaron con un señor ya viejo que tenía visitas casi todo el día. Venían de todos tamaños y de todas edades; se quejaba con todos de lo malo que estaba y de lo tanto que padecía, de lo mucho que sufría, etc. Por la noche sonreía y trataba de hacerme conversación pero yo fingía dormir.

El día antes de salir, mientras yo empacaba y esperaba a que Echevarría viniera por mí, Cárdenas, que así se llamaba, se incorporó en la cama y me dijo: "Mis parientes no han de tardar en venir . . . Sé muy bien quién es usted . . . usted es el segundo de los Buenrostro. Soy menor—aunque no tanto—del borrachín, digo, de Echevarría. Me le saluda cuando lo vea." Le dije que Esteban no tardaría en llegar y eso lo hizo toser.

Esa tarde, Esteban ni le saludó. Por la noche, en casa, Esteban lió y me prendió un cigarro: "Toma y fúmate este Pato Negro . . . Mira, ese viejo se llama Pedro Cárdenas y allí donde lo ves, en su tiempo fue guardaespaldas de Alejandro Leguizamón . . . Tú ya sabes de eso. Tu tío, aunque andaba sin arma, acojonó a los dos él solo; pa' que te vayas dando cuenta."

Esteban Echevarría told me that when he was still young, the Seditionists rode down Klail's main street; they rode in after dark and camped out at the park that divides Anglo Town from Mexican Town.

Around ten a.m., after breakfast and after saddling up, they rode out leaving a dead horse behind them; the horse was covered by a red, white and green flag. The following was written on the white bar: "Texas-Mexican Liberating Army."

They passed through, according to Esteban, without hullaballoo, as if on a Sunday ride; there must have been maybe some thirty-five of them, tops. They headed toward my Uncle Julian's land; my uncle greeted them in person and gave them a calf to barbecue.

That same day, later on, Ned Baker arrived in Klail with sixty deputies or so: policemen, marshalls, constables, county officers, rangers, and the usual hangers-on.

When Baker asked Esteban what he knew, Echevarría said, "They went through here, the Montoyas; Brown, the black man; Charlie Perkins; well-known people. You see that smoke over there? It's theirs; they're probably cooking some of *Quieto's* or Julian's stock."

Baker said he would follow them the next day.

The next day, yeah!

Esteban Echevarría me contó que cuando él era joven todavía, 'los sediciosos' pasaron por la calle principal de Klail; habían llegado de noche y se acamparon en el parque que divide el Pueblo Americano del Pueblo Mexicano.

A eso de las diez de la mañana, después de almorzar y alistar los caballos, abandonaron el parque donde habían dejado un caballo muerto: el caballo llevaba una bandera tricolor sin el águila; en lo blanco rezaba: 'Ejército Libertador México Texano.'

Pasaron, según Esteban, sin fanfarrón ni escándalo: como quien va de paseo; serían acaso unos treinta y cinco, cuando más. Se dirigieron rumbo a las tierras de mi tío Julián; éste los recibió y les dio un becerro para la barbacoa.

Ese mismo día, ya tarde, llegó Ned Baker con sesenta o más; policías, marciales, condestables, gente del condado, rinches, y los mirones de regla.

Al preguntarle Baker a Esteban que qué sabía, éste le dijo: "Entre ellos iban los Montoya, el Negro Brown, Charlie Perkins y pura gente conocida. ¿Ves aquel humo? Es de ellos; seguro que mataron algo del ganado del 'Quieto' o de Julián."

Baker dijo que los seguiría el día siguiente.

El día siguiente, tú.

I attended Mrs. Enriqueta Vidaurri de Farías' funeral; she was buried in Klail. From there I had planned to go to the Four Families Cemetery in Relámpago but was unable to: Rómulo Segura latched on to me, so there the funeral ended.

The man's a fool! I used to visit doña Enriqueta whenever I drove down to Relámpago. Since she was Conce's grandmother, I was her favorite and that's what bothered Rómulo; he'd married Delfina, the oldest of the Guerrero girls.

The Guerrero's land was as old as ours and there was enough to go around. Poor Rómulo was afraid I'd get Conce's share . . . I was already prepared to divide the property between Delfina and her sister Sofía.

In the end, what I got were some pictures and a Bible which I then passed on to Jehú.

Soon after, Delfina left Rómulo and she moved in with Ángela Vielma in Edgerton.

Asistí al entierro de doña Enriqueta Vidaurri de Farías; la sepultaron en Klail. De ahí pensé irme al cementerio de las Cuatro Familias pero no pude: Rómulo Segura se me pegó así que se acabó el entierro.

¡Qué hombre más llorón! A doña Enriqueta yo la visitaba de vez en cuando y siempre cuando iba a Relámpago. Abuela de Conce, yo era el consentido y eso le podía mucho a Rómulo que se había casado con Delfina, la mayor de las muchachas Guerrero.

La tierra de los Guerrero era tan vieja como la nuestra y había bastante para todos. Seguramente Rómulo pensaba que a mí me tocaría la parte de Conce . . . Si habría terreno yo ya estaba dispuesto a dividirlo entre Delfina y Sofía que tan bien se habían portado cuando lo de Conce.

Al fin de cuentas, lo que me tocó fueron unos retratos y una biblia que, pasando el tiempo, se la trapasé a Jehú.

Poco después de esto, Delfina abandonó a Rómulo para irse a vivir con Ángela Vielma en Edgerton.

Another semester. Jehú is writing a paper for a political science course, "Preliminary Steps Leading to the Establishment of the Independence of the Republic of Uruguay."

"What's that all about?"

"That's Maxwell's idea of a research paper."

Last year, in another political science course, he turned in a paper on the chiefs of the secret police in Russia, from the Czars to Stalin. Although well-researched, when he read it in class, the result was unexpected. The professor, a Czech exile, thought that Jehú was mocking him and criticized the paper severely. The students defended Jehú as well as the paper. It was a mixed class: Jehú and a few juniors and seniors; the rest were graduate students.

The professor, among other things, reminded them that he had been in the Czech government in the thirties and forties and who knows what else . . .

Two months later, Jehú got a "C" and he had to swallow it. There was no appeal: not to the chairman, not to the dean, nor to anyone else.

Jehú said the prof was a sui generis son-of-a-bitch and one just had to let it go at that.

Otro semestre. Jehú prepara un *paper* para un curso en Ciencia
Política: "Preliminary Steps Leading to the Establishment of the Independence of the Republic of Uruguay."

"¿Y eso?"

"Son cosas de Maxwell."

El año pasado, en otro curso de Ciencia Política, entregó un *paper*
sobre todos los jefes de la policía secreta en Rusia desde el Tsar Nicolás
hasta Stalin. Bien investigado, cuando lo leyó en clase, el resultado
fue inesperado: el profesor, un checo exiliado, creía que Jehú se
mofaba de él y criticó el trabajo duramente. Los estudiantes defen-
dieron tanto a Jehú como al trabajo. Era una clase mixta: Jehú y
unos cuantos estudiantes de tercer o de cuarto año; los demás eran
graduados.

El profesor, entre otras cosas, les hizo memoria que él había sido
secretario personal del Presidente Benes en los treintas y cuarentas
y qué sé yo . . .

Dos meses más tarde, Jehú recibió una 'C' y tuvo que tragársela.
No había recurso apelable: ni chairman, ni dean, ni nada.

Jehú dijo que con un 'chingue a su madre' se conformaba.

Summer and heat in Austin.

Today, very early in the morning, Jehú got on Crispín Saldaña's truck on its way to Iowa. It's almost the end of May and Jehú says he needs three months of rest from the university; so he's going to help out with the driving and see what he can work at in the fields up north.

Having to work over there is a chancy piece of business. You have to get up hours before sun up and look around for some farmer who needs farmhands.

First, how much do they want? How many farmhands are there? For how long?

Then, it's work there a while and let's see how you do.

Other times, no, no work but go up that way, straight ahead, some three miles and ask for Mr. Dodson (or Mr. This or Mr. That).

Of course, when there's work, there's work. When there's none, wait until tomorrow, very early in the morning and start looking again.

Summer registration starts on Monday: I've got this summer and next year to go 'til graduation and then we'll see what happens.

Verano y calores en Austin.

Hoy, muy de mañana, Jehú se montó en el troque de Crispín Saldaña rumbo a Iowa. Estamos casi a fines de mayo y Jehú dice que necesita tres meses de descanso de la universidad y así es que se va a ayudar con el manejo del mueble y a ver en qué trabaja en los campos de ese estado del norte.

Eso de trabajar allá a veces está pelón y a veces no. Hay veces que uno tiene que levantarse bastante temprano y buscar a algún agricultor que necesite manos.

Primero, ¿cuánto quieren? ¿cuántas manos son? ¿cuánto tiempo? Después, trabajen allí y a ver qué tal trabajan.

Otras veces: Aquí no pero dénle por allí, derecho, por unas tres millas y pregunten por Mr. Dodson (o al que sea.)

Eso sí, cuando hay jale, hay jale. Cuando no, hasta mañana, muy de mañana y a buscar de nuevo.

El lunes empiezan las inscripciones de verano: con este verano y el año que viene me recibo y de ahí a ver qué pasa.

Spanish Majors

"Professor Arévalo, in the poems for today, the poet Lugones uses the word *plinto*—plinth—several times."

"That's right, Mr. Buenrostro, and you must understand that Lugones uses the word *pingo* in a both broad and narrow sense; that is, he not only refers to the color of the *gaucho*'s horse ..."

"Excuse me, professor ..."

"Allow me, Mr. Buenrostro, he not only refers to the color of the *gaucho*'s horse, but also makes reference to a broader sphere ... that is, *pingo* is a mere vehicle, or rather, the metaphor. Let us say, that Lugones uses—by antonomasia—to explain the very special kind of life, so basically Argentine that palpitates and that's revealed in the relationship between the *gaucho* and his horse."

"Excuse me ..."

"Nothing more, that's all; this deals with the mutual dependence between man and animal, away from and outside of the urban scene with all its implications and in that manner they manage to penetrate those pampas, that plain, where both, in their close relationship, will find their reason for being, their reason for existence, the *exsist* of life.

"For the *gaucho*, the *pinto* horse will be his means of transportation which will take or bring him to his work, or also, to his pleasure, amusement and joy at the races where they'll challenge other *pingos* or horses, in other words, other faithful friends.

"In addition, that faithful friend, the *pingo*, will be of help to him when defending himself against his enemies or when riding through the countryside while pursuing the ostrich, the jackal or any predator and even his own fate, if he so wishes, etcetera, etcetera. It can also keep him company in his free moments, while the *gaucho* brews his hard-earned tea."

"But ..."

"Allow me, Mr. Buenrostro ... upon the *pingo*'s death—since metaphors are being discussed, and, in this case, the tragic metaphor—this would suggest the *gaucho*'s death, viewed and so accurately explained later by Güiraldes in his novel, which I have so

Spanish Majors

"Profesor Arévalo, en los poemas para hoy, Lugones, varias veces, usa la palabra plinto ..."

"Efectivamente, señor Buenrostro, y usted debe entender que Lugones usa la palabra *pingo* en un sentido a la vez ancho y angosto; es decir, no es que sólo se refiera al color del caballo del gaucho ..."

"Verá usted, señor profesor ..."

"Con el permiso, señor Buenrostro ... no es que sólo se refiera al color del caballo del gaucho, sino que también se refiere a una más amplia esfera ... es decir, *pingo* es un mero vehículo, o sea, la metáfora, digamos, que Lugones emplea—por antonomasia—para explicar la vida tan especial, tan esencialmente argentina que late y que se descubre en la relación entre el gaucho y su caballo."

"Perdone usted ..."

"Nada, nada; aquí se habla de la mutua dependencia entre el hombre y el animal, lejos y fuera de la escena urbana con todas sus implicaciones para así lograr adentrarse a esos pastos, a esa pampa, donde ambos, en su estrecha unión, encontrarán su razón de ser, su razón de existencia, el *ex-sist* de la vida ..."

"Para con el gaucho, el pingo será su método de transporte que lo ha de llevar o traer a su trabajo, o también al gozo, esparcimiento y regocijo en las carreras donde se enfrentarán con otros *pingos* o caballos, o sea, otros fieles amigos.

"Es más, ese fiel amigo, el pingo, le ayudará a defenderse de sus enemigos o para recorrer los campos al perseguir el ñandú, el chacal, o cualquier alimaña, y hasta su propio destino, si quiere, etcétera, etcétera. También ha de servir de compañía en sus ratos de ocio mientras el gaucho ceba el cimarrón tan rudamente ganado."

"Este ..."

"Permítame, señor Buenrostro ... al morir el pingo—ya que se habla de metáforas, y aquí metáfora trágica—esto implicaría la muerte del gaucho, vista y tan certeramente explicada más tarde por Güiraldes en su novela que tanto les he recomendado. Si la existencia que

highly recommended to you. If the existence which we have mentioned is shared, the death of both, too, will be so; that is, when
one dies, so does the other; the weakness of the first is reflected in
the fragile and uncertain existence of the second.

"Consequently, if the *pingo* is swift, the *gaucho* will be, too; if the
pingo is strong, the *gaucho*, too, will reflect equal strength. It's a case,
then, of parallelisms in the manner in which both then become fused.

"This, then, is the point at which the man and the *pingo* become
one; one is indistinguishable from the other; that is, upon
confronting—if you'll allow—their world, they become as one, melded
horseman and animal; they look on with indifference; an indifference
which may be interpreted as derived from a total and inviolable independence; opened and untamed. For his poetic effect, Lugones
has chosen the only word that could well encompass, within it, a
panorama with the total comprehension and embrace of good, of
that rough man, of that independent man: the *gaucho* and so, too,
by consequent analogy, the Argentine.

"Lugones, then, does not use that word gratuitously, Mr.
Buenrostro; it's a question of nothing less than the *alpha* and the
omega, beginning and end, life and death . . .

"As you can well see, we could go on but I'm aware that the end
must come not only for this subject but also for the class since the
bell is telling me that we must leave the classroom until Monday.
Now, go with God . . ."

The class ends, some leave in pursuit of the professor, following
him, almost waylaying him; others with friends, acquaintances; I
stay behind in the room looking at the chair just vacated by Dr.
Evaristo Arévalo Ibarruren. As Arlt said: "Actually, one really doesn't
know what to think about people."

Suddenly, Juan Santoscoy and Martín San Esteban show up.

Santoscoy: "What's happening with Lugones?"

"Who knows . . . I asked Arévalo why Lugones used the word
plinto—plinth—in one of his poems, and he took off on *pingo*—for
God's sake—he talked on *gauchos*, *pingos*, the *pampa* . . . my God,
what a way to earn a living!"

"Well, you going to stay in the room here?"

"Yeah, I'm going to read some more . . ."

"Hey, Rafe, you O.K.?"

"I'm O.K., sure."

mencionamos es mutua, la muerte de ambos también lo será; es decir, al morir uno, muere el otro; la debilidad del primero se refleja en la frágil y dudosa existencia del segundo.

"Por consiguiente, si el pingo es veloz, el gaucho también lo será si el pingo es firme, el gaucho también reflejará idéntica firmeza. Se trata, entonces, de paralelismos en la forma en la cual ambos luego se funden.

"Nos encontramos, pues, donde el hombre y el pingo llegan a ser uno; son indistinguibles el uno del otro; es decir, se confunden entre sí al presentar—si se permite—una sola faz al mundo que ellos, jinete y animal, ven con indiferencia; una indiferencia, se entiende, que estriba de una independencia total e inviolable; abierta e indomable. Lugones, en su acierto poético, ha escogido la única palabra que bien podía redondear, entre sí, un panorama en total comprensión y abarcamiento de ese hombre de bien, de ese hombre rudo, de ese hombre independiente: el gaucho y, así, por consiguiente analogía, el argentino.

"No por nada, pues, es que Lugones emplee esa palabra, señor Buenrostro; se trata nada menos del alpha y el omega, comienzo y fin, vida y muerte . . .

"Como usted bien puede ver, podríamos seguir pero reconozco que hay que darle fin tanto a esto como a la sesión ya que el timbre me anuncia que debemos abandonar la sala hasta el lunes. Ahora, vayan con Dios . . ."

La clase terminada, unos salen en pos del profesor, siguiéndolo, asechándolo casi; otros salen solos o con amigos y conocidos; yo me quedo en el cuarto viendo la silla recién abandonada por el doctor Evaristo Arévalo Ibarruren. Como dijo Arlt: "En realidad, uno no sabe qué pensar de la gente."

De repente aparecen Juan Santoscoy y Martín San Esteban.

Santoscoy: "¿Qué tal Lugones?"

"Qué sé yo . . . le pregunté a Arévalo que por qué Lugones usaba la palabra *plinto* en varios de los poemas para hoy y salió por debajo de la mesa; gauchos, caballos, pampa . . . la mismísima mierda de siempre . . . qué manera de ganarse la vida."

"¿Qué, te vas a quedar aquí?"

"Sí, voy a leer algo más . . ."

"Oye, Rafa, ¿te encuentras bien?"

"Estoy bien, sí."

"Do we come to pick you guys up tonight? Martín here says that he found another place on Sixth Street where the food is good and cheap . . ."

"Eight o'clock?"

"Eight o'clock."

Guys from the Valley, Santoscoy is from Ruffing and Martín, from Edgerton; they head for the main library. As soon as I finish with *Darío's Influence on Lugones*, I'll go to my room to drink a beer. Alone.

Yes . . . that's right, Mr. Buenrostro.

Allow me, Mr. Buenrostro . . .

It's not gratuitously, Mr. Buenrostro . . .

What a way to earn a living!

"¿Venimos a recogerlos esta noche? Aquí Martín dice que se encontró otro lugar en la calle seis donde sirven bien y barato ..."

"¿A las ocho?"

"A las ocho."

Muchachos del Valle, Santoscoy es de Ruffing y Martín de Edgerton; se dirigen a la biblioteca principal. Así que acabe con *Las influencias de Darío en Lugones*, iré a mi cuarto a tomarme una cerveza. Solo.

Sí ... efectivamente, señor Buenrostro.

Permítame, señor Buenrostro ...

No es por nada, señor Buenrostro ...

Vaya manera de ganarse la vida.

Since I also took two summer sessions and with those advanced
courses during the fall and spring semesters, I'll come out with more
than thirteen advanced classes in Spanish.

A girl, an Anglo from San Antonio, told me that the department
was offering teaching assistantships to graduate students. At first,
she had to explain to me what this was all about: She, nice enough,
but no whiz, had gotten a teaching assistantship.

I asked for five letters of recommendation; filled out an applica-
tion and waited. Too late, they said. They were sorry, they said.
Later, there was an opening but it seems that they couldn't get hold
of me, and the secretary had had to call someone else . . .

The secretary, I want you to know, was Mexican-American; later
she married somebody from Klail City, a friend of my brother
Aaron . . .

Years later I told Israel and Aaron about it and they laughed . . .

"Sure . . . that family has always been a first class bunch a' shits."

Could be; what I do know is that over and above the Anglos (that's
what they're there for) there are also some Mexican-Americans ready
to shaft you; for free.

I swear it.

The night Jehú and I graduated along with a thousand other can-
didates, the ceremony began well enough but then it turned bad—
rained cats and dogs; there was thunder and some lightning; and
since we were out in the open air, the lights soon went out.

On the other hand, we had a good laugh watching people run
all over the place.

The next day we returned the rented gowns, sent our books home
by bus, and Jehú and I got a ride all the way to Falfurrias. Israel
drove up to Fal to take us down to the Valley that same night.

Como he asistido dos cursos de verano y tomé dos y a veces hasta tres cursos avanzados durante los otoños y las primaveras, saldré con más de trece materias avanzadas en español.

Una chica, bolilla de San Antonio, me dijo que el departamento ofrecía *teaching assistantships* a ciertos graduados. Primero tuvo que explicarme de qué se trataba el asunto: ella, buena gente pero ninguna lumbrera, había recibido uno.

Pedí cinco cartas de recomendación, llené una planilla, y nada. Que era demasiado tarde, que lo sentían, etc. Más tarde sí hubo una vacante pero parece que no me encontraban y la secretaria llamó a otro candidato . . .

La secretaria, para que sepan, era raza; luego se casó con uno de Klail City que era amigo de mi hermano Aarón . . .

Años más tarde les conté el caso a Israel y a Aarón y se rieron . . .

"Sí . . . siempre han sido una punta de cabrones en esa familia . . ."

Bien puede ser; lo que sí sé es que amén de la bolillada, que muchas veces para eso está, también hay raza que lista está para joder al prójimo.

Por esta cruz.

La noche que Jehú y yo nos recibimos junto con otros mil y pico de candidatos, la ceremonia empezó bien pero luego se choteó. Llovió a cántaros; hubo rayos y truenos; y como estábamos al aire libre, las luces pronto se apagaron.

Eso sí, nos divertimos un chingo viendo a la gente correr.

Al día siguiente volvimos el vestuario alquilado, mandamos los libros a casa por el autobús, y Jehú y yo conseguimos un *ride* hasta Falfurrias. De ahí Israel vino a recogernos para llevarnos al Valle esa noche.

After working part-time for some three years at whatever came
along (just so it wasn't permanent) plus the four years at the university, I went ahead and distributed more land among some of the
people, or their descendants, who had worked the El Carmen lands.

I then applied for a teaching job at Klail High; it seemed incredible, but I was the first Texas Mexican to teach there; Jehú came
later, and now there are more *mexicanos* than anything else.

Two of the old teachers from my school years were still there;
I was a mediocre student, let's face it. Later, the army, life itself,
and the years of learning to fend for myself up at Austin put me
in good stead.

Two former fellow students, Elsinore Chapman and Belinda Braun,
were now fellow teachers. I couldn't stand them back then and I
still can't.

It's better that way; takes the hypocrisy out of it.

Al fin de tres años de trabajar en lo que saliera sólo que no fuera permanente y luego con cuatro años de universidad, repartí más tierras entre cierta gente o sus descendientes que trabajaron las tierras del Carmen.

Hice aplicación para enseñar en la escuela superior de Klail; parecía mentira, pero llegué a ser el primero de la raza que enseñara en Klail High; Jehú vino después, y ahora hay que ver cómo están las cosas.

Dos de las profesoras que me enseñaron a mí aún seguían dando clases; estudiante bastante mediocre durante mis años aquí, aproveché el ejército, la edad, y los años para defenderme en Austin.

Dos profesoras de mi edad, Elsinore Chapman y Belinda Braun, se graduaron de Klail High conmigo. En ese tiempo me caían mal y hasta la fecha.

Mejor así; a lo menos no habrá hipocresía.

First summer.

P. Galindo came by last week; I hadn't seen him in a long time. He was carrying a pamphlet from some religious publishing house. The cost? One hundred copies for a dollar fifty; six dollars per five hundred and a thousand cost nine dollars. Postage is extra; you have to add thirty percent and not (as the ad in the pamphlet states in parenthesis) thirty cents.

Here's Galindo:—"An Anglo woman, a little old lady, as a matter of fact—gave it to me. According to her, she's from Iowa ... from Muscatine, Rafe, just think.... Well, as I was saying, they're printed in Iowa but the content, according to the pamphlet, comes from an article in something called *The Gospel Truth*, published in Oklahoma. Have you seen anything like it? These Anglos are something else. They take advantage of everything and turn it into a money-maker. And you'll see that little old lady there in the sun all day long handing out these things. I bet the poor woman paid for the pamphlets out of her own pocket. How about that?"

"Just with the thirty percent for postage ..."

"I know ... hey, here I brought us some beers."

"Read to me *The Gospel Truth* while I open the first ones ..."

Primer verano.

P. Galindo pasó por aquí la semana pasada; llevaba tiempo de no verlo. En una mano llevaba un panfleto de una casa religiosa: cuestan un dólar cincuenta por cien ejemplares; seis dólares por quinientos y el mil sale a nueve dólares. El correo es aparte y debe agregársele el treinta por ciento y no (como bien anuncia el panfleto entre paréntesis) solamente treinta centavos.

"Me lo dio una bolilla—una viejita por cierto. Según lo que dice, viene de Iowa . . . de Muscatine, Rafa, fíjate . . . Pues sí, se imprimen en Iowa pero el contenido, según el propio panfleto, se tomó de un artículo en algo que se llama *The Gospel Truth* que primero se publicó en Oklahoma. ¿Habrás visto? Estos bolillos están de la patada . . . De donde quiera sacan partida y negocio. Y allí verás a esa viejita en el sol todo el santo día regalando estas cosas. Te apuesto que la pobre pagó por los panfletos de su propia bolsa, ¿cómo la ves?"

"Con el treinta por ciento para el correo . . ."

"P's sí . . . oye, aquí traigo unas cervezas . . ."

"Léeme lo que dice *The Gospel Truth* mientras destapo las primeras . . ."

Second summer.

Alfonso Acosta wants to publish another number of *Skulls*; it looks like he did well on the last one. "Look, Rafe, this time, and still at fifty cents per copy, we can include Jesse Alaniz's drawings. What do you think? Will you talk to Gillette?"

(If it's a matter of business, Harmon Gillette publishes anything: there's no problem there.)

With the table of prices I drew up, the cost is figured out easily enough: so much for sign, color and so many pages. From there, the sum of the number of words, one then divides the hours for the lino-typist, you add the number of copies, the glue and etc., plus the well-known 35% and the profit figures itself out.

Alfonso Acosta's deal comes out as $185.00 per thousand. (To make it profitable; to pay for the boys who distribute and sell; the car; the time; etc. and personal net, a thousand copies is minimum.)

"And, what about Jesse's pictures?"

"I already included them in the $185."

"Give me two days . . . hey, Rafe, are you planning to contribute any writing?"

"Sure thing."

Segundo verano.

Acosta quiere publicar otro número de *Calaveras*; parece que le fue bien en el último. "Mira, Rafa, esta vez, y todavía a cincuenta centavos el ejemplar, le ponemos dibujos de Jesse Alaniz, ¿qué te parece? ¿Hablas con Gillette?"

(Si se trata de negocio, Harmon Gillette publica cualquier cosa: en eso no hay reparos.)

Con la tabla que arreglé para los precios, las cuentas son fáciles: tanto por signatura, color y número de páginas en total. De allí, la suma del número de palabras dividiendo las horas para el linotipista, agregando el número de ejemplares, la pasta, y etc. más el consabido 35% y el precio sale por su propia cuenta.

Lo de Alfonso Acosta sale el mil a $185.00 (Para que le rinda: muchachos para repartir y vender, carro, tiempo, etc. y ganancia personal, tienen que tirarse mil.)

"¿Y los retratos de Jesse?"

"Ya los incluí en los 185."

"Dame dos días . . . oye, Rafa, ¿piensas contribuir algo escrito?"

"Sí."

This is the third and last summer that I am working at the print shop; I already talked to Jehú and he says he'll take charge.

This summer employment has its pluses: Old man Gillette rarely shows his face. The newspaper comes out every Tuesday and I spend the rest of the time reading and writing.

At the high school, things are going well but I've had it with our colleagues, as Jehú calls them.

Jehú now teaches history and he doesn't believe in God anymore, he says.

The other day he was talking about Tacha, an old lady who died when we were both kids; we were under eight years old. A while later, Jehú showed me a penny, he told me that it was the same one with which we crossed ourselves that day when we went into the dead woman's room alone . . .

The date indicated that it could well be the same penny.

Este es el tercer y último verano que trabajo en la imprenta; ya hablé con Jehú y él dice que se encargará.

Tiene sus mases este empleo de verano: es rara la vez que el viejo Gillette asoma la cara. El periódico sale cada martes y lo demás del tiempo me lo paso escribiendo y leyendo.

En la secundaria las cosas van bien pero no aguanto a la gente allí: a 'nuestros colegas' como los llama Jehú.

Jehú ahora enseña historia y ya no cree en absolutamente nada. El otro día habló de Tacha, una señora que murió cuando los dos éramos niños; no pasábamos de los ocho años de edad. Al rato me mostró un centavo; dijo que era el mismo con el cual nos persignamos aquel día cuando entramos solos en el cuarto de la muerta . . .

La fecha indicaba que bien podía ser el mismo centavo.

Not long ago, while tying up some personal and family loose ends,
I went up river to Laredo. It must have been fate that I chanced
to meet a woman named Emma Montelongo. I must've stared rather
intently, because she laughed and then said: "Yes, I'm Amado's
sister ..."

That same evening I called at her house and she introduced me
to her mother, Mrs. Montelongo. I then saw a picture resting on
a shelf: three soldiers; I was one of them.

"I knew you by name and that's why it was easy for Emma to
recognize you; who is the third person in the picture?"

"His name is the same as mine; his last name is González, though.
He's a Californian. He fell ill while we were in Oklahoma so we never
saw him again ..."

"Yes, my Amado spoke little of him; you, he remembered quite
well ... Emma told me you didn't know that Amado had died at
home ... Do you have any snapshots of him?"

"Yes, I think so. Could be that it's the same as yours ... I'm not
really sure, to tell you the truth."

"It's asking a lot, I know, but if it isn't the same picture, could
you send it to us?"

"It's yours, ma'am; you can count on it."

Three years at the university, and now in my junior year Esteban
Echevarría is determined to die, and he says he won't live another
summer. He's left his land to Israel and Aaron.

And here I am with no money and no job at thirty years of age;
that, according to Arturo Leyva the accountant (and son-in-law to
Mrs. Candelaria Mungía de Salazar, alias the Turk) goes in the debit
column.

On the asset column: Health, hope, and a willingness to see things
clearly.

Again, according to Arturo, seeing things clearly is necessary in
order to distinguish between what is and what might be....

No hace mucho, mientras ataba cabos personales y de la familia, tuve que ir fuera del Valle, a Laredo. Ya estaría escrito porque me presentaron a una mujer que se llamaba Emma Montelongo. Cuando me le quedé viendo se rió y me dijo: "Sí, soy hermana de Amado . . ."

Esa noche llamé a la casa y me presenté con la señora Montelongo, la madre de la familia; a su derecha, en un estante, había un retrato de tres soldados: yo era uno de ellos.

"A usted ya lo conocía de nombre y por eso fue que Emma no tuvo dificultad en reconocerlo; no sabemos quién será el tercero."

"Es un tocayo mío de apellido González. Es californiano. Se enfermó cuando estuvimos en Oklahoma y nunca lo volvimos a ver . . ."

"Sí, mi Amado hablaba poco de él; de usted sí se acordaba mucho . . . Emma me contó que usted no sabía que Amado había muerto en casa . . . ¿No tiene usted retratos de él?"

"Sí, creo que sí. Bien puede ser que sea el mismo que tiene usted . . . no estoy seguro, en realidad."

"Es mucho pedir, pero si no lo es, ¿pudiera mandármelo?"

"Es suyo, señora; cuente con él."

Tres años como un día en Klail High; Esteban se ha propuesto morir y no aguantará otro verano. Siendo así, les dejo las tierras a Israel y a Aarón, renuncio aquí y a ver qué pasa.

Sin dinero y sin chamba a los treinta de edad; eso, según Arturo Leyva el contador (y yerno de doña Candelaria Munguía de Salazar, alias 'La Turca'.) cabe en el débit.

En lo del haber: salud; voluntad; y vista despejada.

Según Arturo otra vez, se necesita la vista despejada para poder distinguir entre lo que es (y para eso son las contrapartidas) y lo que pudiera ser.

Jehú Malacara's
Four Short Steps

Elena Lártigue (if one is in with God, the angels don't count) is a good person. Everybody says so. Her parents are, too. Her brothers, Gamaliel and Lázaro, and her sisters, Rita and Adriana, likewise. As said, everybody says so. (Help, oh Lord, the innocent who believe in You.)

Across the street.

Rosita Argüelles (rains without thunder bode no good), according to everyone, is not a good person. Her parents are good people, but not poor Rosita. Her brothers, Tomás and José (saints, those two boys) are good, kind. If she had a sister—we'd call her Benilde—it'd be said that she was a good girl. Nice, even.

The following is nothing new either: The majority usually tends to be in the wrong.

Elena lost her tissue and it was not as a consequence of riding on horseback or on a bicycle. Rosie, until someone proves the contrary to me, still has hers intact and do excuse the finger pointing.

Cuatro cortos pasos
de Jehú Malacara

Elena Lártigue (Estando bien con Dios, los ángeles importan poco)
es una buena persona. Todo el mundo lo dice. Sus padres también
lo son. Sus hermanos, Gamaliel y Lázaro, y sus hermanas, Rita y
Adriana, también igual. Como ya se dijo, todo el mundo lo dice.
(Ayuda, Jehová, a los inocentes que creen en ti.)

Cruzando la calle.

Rosita Argüelles (Lluvias sin trueno, nunca traen nada bueno)
según todo mundo, no es una buena persona. Sus padres sí, pero
ella no. Sus hermanos Tomás y José (Unos santos esos muchachos)
también lo son. Si tuviera hermana —a ésta le pondríamos Benilde—
de ella también se diría que era una buena chica.

Lo que sigue tampoco es original pero debe repetirse para los que
pudieran venir después: la mayoría suele estar en error.

Elena perdió la tela y no fue a causa de montar a caballo o por
andar en bicicleta. Rosita, hasta que alguien me lo pruebe al contrario, todavía la tiene intacta y dispensar la manera de señalar.

The engineer Procopio Benavides was caught with the hand in the till; this is not the same as getting caught with one's hand in the cookie jar or with wearing the other guy's socks. No, it's not about that. Nor is it about adultery. It's about money.

Procopio was found out by his mother-in-law, Mrs. Matilde Wilson de Vergara, owner and very much the sole proprietor of the Vergara Drugstore: "We Deliver."

Procopio isn't a pharmacist, by the way. Procopio takes his kids to the movies, to the ballgame, to church; in a word, he's at the beck and call of both his wife, Dorothy, and his mother-in-law.

In Klail, the Mexican-American community uses the professional title of engineer for any vagrant who lives in the streets; nothing new in that, by the way, but in Klail originality doesn't matter much.

The theft was no big deal either; the problem is that Procopio runs on short funds, the times being what they are and Procopio being the way he is . . .

In Klail, and many places in Belken, they still throw street dances. It's not the same as in the old days, but even so, people prefer the open air. Now that I think about it, I remember that I never saw an Anglo at one of them, although I'm not surprised. Besides that, it was rare when the Anglo-Texans held a street dance over in Anglo Town.

Families would attend and still do; as a child, and without even knowing it, I accepted the families' attendance as a normal thing. Later on, as in everything else, I became aware that their presence had a specific function: It tempered speech and behavior, sometimes successfully, sometimes not.

It was at one of these dances that Horacio Cabrera drew out his tailor's scissors against Heriberto Escamilla. Horacio suspected, perhaps knew, that his wife and Heriberto were up to something; making a fool of him, as they say.

A Procopio Benavides lo pescaron en las uvas; no es lo mismo
que coger a alguien con las manos en la masa o con los calcetines
del compadre. No, no; no se trata de adulterio; se trata de dinero.
A Procopio lo pringó su suegra doña Matilde Wilson de Vergara,
dueña y muy propietaria de la botica Vergara: con reparto a
domicilio.
Procopio no es farmacéutico ni cosa que lo parezca. Procopio lleva
a sus chicos al cine, al juego de pelota, y a la iglesia; por decirlo
de una vez, está para lo que lo manden su mujer Dorotea y su suegra.
En Klail, la raza suele llamar 'ingeniero' a todo vago que viva en
la calle; nada original, por cierto, pero en Klail eso importa poco.
El robo tampoco era mucho que se diga; lo que pasa es que Procopio vive corto de dinero por estar los tiempos como están y por
ser Procopio como es.

En Klail, como en muchas partes de Belken, todavía hacen bailes
en las calles. Ya no es como antes, pero aun así, a la gente todavía
le gusta tener los bailes al aire libre. Ahora pienso y me acuerdo
que nunca vi a ningún bolillo en esos bailes, aunque eso tampoco
me sorprenda. Es más, era rara la vez que la bolillada hacía bailes
en las calles del Pueblo Americano.
Las familias venían y vienen; uno, de niño, y sin saberlo, lo acep-
taba como lo más natural que las familias estuvieran allí. Más tarde,
como en todo, me di cuenta que su presencia tenía cierta función:
templar el palabreo y las andaderas; a veces con éxito, a veces no.
En uno de estos bailes, Horacio Cabrera sacó sus tijeras de sastre
con la intención de cortarle lo que pudiera a Heriberto Escamilla.
Horacio sospechaba, quizá sabía de buena tinta, que su esposa y
Heriberto lo decoraban con astas de toro de San Mateo; vamos,
que lo estaban haciendo pendejo.

Old man Abdón Bermúdez, in spite of his being very, and I mean very, foulmouthed, has a wife who both loves and puts up with him: doña Arcadia. He's also got five sons: Emerardo, Dionisio, Sotero, Eliseo, and a Rafe, just like my cousin. Boys will be boys, and that's what they are, all right.

The other day, at Maggie the Hunch's bar, Abdón made the announcement that he had five thousand dollars available, and on hand. When Polín Tapia heard this, he noted it down in his notebook and the following day, bright and early, he called on the Bermúdez family. Since they're early risers, they were having their second cup of coffee when Polín walked up.

"As a matter of fact," he said, "I've come to discuss the matter of the five thousand dollars you said are available . . ." Abdón asked Polín to take a seat: "Get out of the sun, my boy. We're not offering you any coffee 'cause we just ran out ourselves . . .

You know, when I leave her (pointing) at home to go to Arkansas or to Missouri with my sons for the cotton season, my boys make close to a thousand dollars apiece. Because of these new cottonpicking machines we didn't do well this year; however, we came home safe and sound, thank the Lord. Now, things are not going too well in the Valley and I've got five jobless boys there."

"Then," said Polín, "then, those boys are your five thousand available dollars?"

Arcadia, noting Polín's face, burst out laughing. Polín, not knowing what to do, picked up his hat but Arcadia blocked his way: "Wait . . . I'm going to make more coffee; don't leave."

Don Abdón Bermúdez, a pesar de ser muy, pero muy, mal hablado, tiene una mujer que lo quiere y que lo aguanta: doña Arcadia. También tiene cinco hijos varones: Emerardo, Dionisio, Sotero, Eliseo, y un tocayo mío. Los muchachos no llevan iniciales; se van a secas.

El otro día, en la cantina de Mague, la joro, don Abdón anunció que tenía cinco mil dólares desocupados. Cuando Polín Tapia oyó esto lo marcó en su libreta y al día siguiente, muy de mañana, fue a ver a los Bermúdez. Como éstos madrugan, ya estaban en su segunda taza de café cuando apareció Polín.

"P's sí," dijo, "vengo a discutir lo de los cinco mil dólares que dizque tiene desocupados ..." Don Abdón invitó a Polín que se sentara en el corredor: "Sálgase del sol, amigo. No le ofrecemos más café porque ya no hay ... Sabrá usted que cuando dejo a ésta en casa para irnos mis hijos y yo a Arkansas o a Misuri con el asunto del algodón, mis hijos ganan cerca de mil dólares cada uno. Con el asunto de las máquinas, este año no nos fue bien; sin embargo, volvimos sanos y salvos, gracias a Dios. Ahora las cosas no van bien en el Valle y ahí tengo a los cinco muchachos sin trabajar."

"Entonces," dijo Polín, "entonces, ¿esos muchachos son los cinco mil dólares que tiene desocupados?"

Doña Arcadia, viendo la cara de Polín, soltó la carcajada. Polín, sin saber qué hacer, cogió el sombrero pero doña Arcadia lo atajó: "Espere ... Ahorita voy a hacer más café; no se vaya."

Where the Never as He Should Be Praised P. Galindo Fills In Some Gaps

P. GALINDO I

"Look, Brother Malacara, that hymn may be everything you want it to be, but it's not Baptist. Besides that, me, without knowing, can assure you, by this cross, that that hymn doesn't even belong to the Texas Baptist General Convention; it may belong to those other Baptists—to some of those up North who I think may even be heretics . . . What I'm telling you is that it doesn't belong to the T B G C. No sirree."

"Brother Flores, it's only a matter of a Protestant hymn . . ."

"Protestant, you say. We should have begun from there; didn't I tell you? I just knew that it wasn't Baptist."

"But we, you and I, are Protestants."

"Lower your voice, Brother Malacara, and forgive me . . . Ha! so now we're Protestants, huh?"

Jehú, with unexpected patience, said, "Brother Flores, we, as Baptists have renounced . . ."

"I'llsaywehaverenounced."

". . . Catholic dogma. Therefore, we protested against its abuses and have formed other sects, other religions . . ."

"We the Convention, right?"

Jehú decided to go the rational route: "Something like that, Brother . . . Well, this hymn I've suggested to you . . ."

"And it's in English, Brother."

"Right, it's in English. As a matter of fact, it's a translation of a German hymn by Martin Luther."

"Luther! Oh, in Christ's Name, Brother, Luther, did you say? Have

Donde el nunca como se debe alabado P. Galindo llena ciertos huecos

P. Galindo I

"Mire, Hermano Malacara, ese canto himno será todo lo que usted quiera, pero bautista no es. Es más, yo, sin saber, le puedo asegurar, por esta cruz, que ese himno no es de la Convención General Bautista Texana; será de los otros bautistas—de esos de allá del norte que hasta creo son medio herejes. Lo que le digo, de la Ce Ge Be Te no lo es. No, señor."

"Hermano Flores, se trata solamente de un himno protestante que ..."

"¿Protestante dice usted? Por allí hubiéramos empezado; ¿no se lo decía yo? Ya sabía yo que no era bautista."

"Es que nosotros, usted y yo, somos protestantes."

"Baje la voz, Hermano Malacara, y usted perdone ... ¡Ja! ¿conque nosotros somos protestantes, eh?"

Jehú, con inesperada paciencia, dijo:

"Hermano Flores, nosotros, como bautistas, hemos renegado ..."

"Yalocreoquehemosrenegado."

"... del dogma católico. Siendo así, hemos protestado contra sus abusos y hemos formado otras sectas, otras religiones ..."

"Aquí la Convención, ¿verdad?"

Jehú pensó cortar por lo sano: "Ayporay, Hermano ... Bueno, este himno que le propongo ..."

"Y está en inglés, Hermano."

"En efecto; está inglés. Es una traducción de un himno alemán de Martín Lutero, por más señas."

"¡Lutero! Ay, Santo Nombre de Jesús, Hermano. ¿Lutero, dice

pity on us, Brother Malacara: Reconsider, Brother Malacara. Why, Luther is the Anti-Christ! How can you bring this hymn to me? Oh, Brother Malacara, if I didn't know you so well I'd say that you have been drinking . . . forgive me, please."

"Get back on your feet, Brother Flores. Listen to me, please: This hymn 'From the Depth of my Heart, My Need Cries Out for Thee,' is made to order for the closing of the service on Wednesday nights. It's got a nice tune, I can set it to words in Spanish and in less than three weeks, four, tops, everyone will learn it . . . In the meantime, you can practice and . . ."

"Dear Brother Malacara . . ."

"That's it; nothing more, Brother, and pardon the interruption: we're Baptists and this hymn suits us. I know what I'm saying."

"It's just that—no one knows it better than you—it's just that Luther destroyed our Holy Mother, the Church, Brother."

Jehú sighed again and said, "Luther, among others, was one of the ones who protested and the rest of us come from that . . . except for the distances, that's understandable; but there's no argument, Brother Flores, upon becoming Baptists, we renounce Catholicism and embrace, to put it that way, Brother, we embrace the Baptist religion."

"Mexican, Brother, Mexican Baptist."

"Well, yes, Mexican, you're right."

Brother Joaquín Flores still had his doubts, "There's no point trying to deceive you, Brother Malacara: This thing about religion is somewhat confusing. When I used to belong to the Pentecostal Church, it was all much simpler: There, everyone—except for the servers and other believers—there, as I was saying, there everybody else would go straight to hell, nose first. Do you get me? Good. What they were lacking was a plan like the one we've got here. It's a pleasure like this, Brother . . . Now I'm asking you to forgive my fears but it was merely the horror of sinning against the Word, as you may understand. Rest assured that if you say that 'Glory Be . . .' is O.K., then it's O.K."

Brother Flores, a Catholic in his youth, then an atheist (without knowing it and ignoring what that meant) joined the Pentecostal Church upon marrying Merceditas Saucedo; a girl with sparks and sunbeams in her eyes and abundant love in her heart; well, the love was more spiritual than physical and that's what started the marital discord: Joaquín didn't like to have his bedroom ration doled out.

usted? Tenga compasión, Hermano; recapacite usted, Hermano Malacara. ¡Si Lutero es el Anticristo! ¿Cómo se pone usted a traerme ese himno? Ay, Hermano, si no lo conociera tan bien diría que usted andaba tomado ... con mil perdones."

"Póngase de pie, Hermano ... Atiéndame, por favor: este himno, "From the Depths of My Heart, My Need Cries Out for Thee," está que ni hecho de encargo para cerrar el servicio de los miércoles por la noche. Tiene buena tonada, yo le pongo su letra en español y en menos de tres semanas, póngale cuatro a lo más, todo mundo se lo aprende ... Mientras tanto, usted lo va practicando y ..."

"Hermanito Malacara ..."

"Nada, nada, Hermano, y usted perdone la interrupción; somos bautistas y bien cabe ese himno. Yo sé lo que le digo."

"Pero es que—y usted más que nadie lo sabe—es que Lutero destruyó la Santa Madre Iglesia, Hermano."

Jehú suspiró de nuevo y dijo: "Lutero, entre otros, fue uno de los que protestó y de ahí salimos todos nosotros ... salvo sean las distancias, se entiende; pero no tiene ni qué, Hermano Flores, al hacernos bautistas, renegamos del catolicismo y abrazamos, es un decir, Hermano, abrazamos la religión bautista."

"Mexicana, Hermano. Bautista Mexicana."

"Bueno, sí, Mexicana, tiene usted razón."

El Hermano Joaquín Flores seguía con sus dudas. "Ni pa' qué mentirle, Hermano Malacara: esto de la religión está algo confuso. Cuando yo era Pentecostés, la cosa era más fácil: allí todos—menos los servidores y demás creyentes—allí, como decía, allí todos los demás se iban derechitos al infierno, y de narices. ¿Usted me entiende? Bien. Lo que no tenían era un piano como éste que tenemos aquí. Así da gusto, Hermano ... Ahora voy a pedir que perdone mi temor, pero era solamente el horror a pecar contra la Palabra, como usted comprenderá. Ya sabe, si usted dice que ese "Glory Be" está bien, entonces está bien."

El Hermano Flores, en su juventud católico y luego ateo (sin saberlo e ignorando su significado) se hizo Pentecostés al casarse con la Mercedita Saucedo la de chispas y rayos en los ojos y amor en el corazón; bueno, el amor era más bien celestial que terrenal y ahí empezó la discordia marital: a Joaquín no le gustaba que se le cicateara la ración del catre.

(The piano, everything must be revealed, lulled the mind but not completely and that's how what happened happened: in this case, divorce and a renouncing of any marriage in the future.)

Joaquín conveniently altered this last consideration when he subsequently married Consuelo Bárcenas, daughter to Noé; an old Baptist.

Noé was a pillar to the Baptist Church as was his wife, Blanca, and this makes two. Consuelito was satisfied with being one of the beams. With Joaquín in the family, the Bárcenas acquired another follower and—as a bonus—a piano player. A piano player with a touch of deafness, but a piano player nevertheless.

Needless but appropriate to say is that Joaquín, besides being hot-blooded was also lazy. His new brother-in-law, Eliphalet, bore him a hatred with the nervous intensity of a rattlesnake. Jehú, Elipha's friend since childhood, preached patience, patience.

Brother Flores, ever willful, called all hymns in English "Glory Be"; and, there was never any problem since he usually assigned a proper name to each one: this one was Luther's "Glory Be," just as the others were the Wesley Brothers' "Glory Be," or Cochran's "Glory Be" and so forth. Finally, he took the musical score and, placing it on the piano's music stand, he started to read the not very difficult music that Jehú had given him.

Going back to the matter of work for a minute . . . Work, real work, what one truly calls work, well, that was something about which Joaquín (now approaching the age of fifty) knew nothing. He got married late to Merceditas Saucedo and the whole time before all of this, he'd spent it with some slightly crazy uncle and aunt, Juan and Carmen G. Flores, who spoiled him past the rotten stage:

> "Don't get yourself dirty with that, Joaquín; or: out, out, young man; that's not for you to do; and: don't bother with it, Joaquín, that's what we're here for."

With so much time and with so little talent at hand, Joaquín Flores, a slightly deaf but self-taught musician, became devoted to himself and to music. First, he tried singing lessons with no results.

No, that's not exactly true.

The results were disastrous: When he'd cross his eyes, people would laugh at him. After the singing lessons, he took up the violin; another failure. From that, he went on to the guitar with the same result. His vocation, to be sure, was musical but it happened that he just

(El piano, todo hay que decirlo, abotaba el pensamiento pero no del todo, y así fue que sucedió lo que unas veces sucede y otras no; en este caso, divorcio y renunciación a todo futuro casorio.)

Esta última consideración la alteró Joaquín convenientemente cuando se casó en segundas con Consuelo Bárcenas, la hija de don Noé, bautista viejo.

Don Noé era un techo de la iglesia bautista; doña Blanca, su mujer, era otro y van dos. La Consuelito se conformaba con ser una pared. Con el casamiento entre ella y Joaquín, la familia adquirió otro adherente y – de aguinaldo – un pianista. Pianista con dejo de sordera, pero al fin, pianista.

Sobra, pero cabe, decir que el Joaquín, además de caliente, era un huevón de lo más redomado. Su nuevo cuñado, el Elifalet, le cobraba un odio de víbora de cascabel. Jehú, amigo de Elifa, desde la infancia, le predicaba paciencia, paciencia.

El Hermano Flores, manía del hombre, llamaba "Glory Be" a cualquier canto himno en inglés; no había mayor complicación ya que él asignaba a cada uno apellido: éste sería el "Glory Be" de Lutero como otros eran ya los "Glory Be" de los Hermanos Wesley, o el "Glory Be" de Cochran, y etc. Por fin tomó los papeles y colocándolos en el estante del piano, empezó a leer la no muy difícil música que Jehú le había dado.

Volviendo a lo de trabajar ... Trabajar, trabajar, lo que se dice trabajar, eso era algo que Joaquín Flores (acercándose ya a los cincuenta) no conocía. Se casó tarde con la Merceditas Saucedo y todo el tiempo antes de esto, lo había pasado con unos tíos chiflados: Juan y Carmen G. de Flores, que me lo mimaron bien mimado:

> "No te ensucies con eso, Joaquín; o: quita,
> quita, muchacho; eso no es para ti; y: no te
> molestes, Joaquín, que para eso estamos aquí."

Con tanto tiempo y con tan poco talento con qué llenarlo, Joaquín Flores, leve sordo y músico lírico, se dedicó a sí mismo y a la música. Primero, probó el solfeo pero sin resultado.

No, eso no está bien dicho.

Tienen razón; sí hubo resultado pero sucede que fue un desastre: cuando ponía los ojos en turnio, la gente lo choteaba. Después del solfeo, al violín y otro fracaso. De ahí a la guitarra y también. La vocación, estaba seguro, era musical pero pasaba que no había dado

hadn't found his true instrument. There there (said his aunt and uncle), the day he finds it . . .

And the day came in the form of a piano, in good shape. In another life—secure, peaceful, gentle, etc.—the instrument, almost new, had been the property of Viola Barragán and her first husband, that surgeon from Agualeguas, Nuevo León, United States of Mexico. A gallant and peripatetic lady, Viola transferred ownership of the piano to another Mercedes—Meche Serrano—who, trying her best, taught young Joaquín the piano and the bedroom arts. (All the religion-related things came later although along the same route: 1. Religiosity does not deter sensuality. Or, how about this one: 2. The piano, to the piano, and the lady, to bed.)

Those are old sayings!

They just come out, like pimples, you know.

It must be emphasized that, during this whole time, Joaquín had yet to work for a living. He would play the piano for the Pentecostal congregation (against all rule and belief of the sect, most certainly) and,—it must be said—he'd still be there if things had worked out well with Merceditas Saucedo.

When he joined the Baptists he was starving but even then Joaquín remained resolute: he wouldn't lift a finger. His then future—and now present—brother-in-law, Eliphalet, as was mentioned earlier, bore him a Texas-type hatred: great, burning and boundless. But Eliphalet, ignorant of the learnings and teachings of psychology, turned his enemy into a victim and that's how Elipha started losing ground. (This, in turn, intensified his hate, but eat your heart out, Elipha!) No, there was no escape valve. Jehú Malacara, a loyal friend, continued advising patience to slow Elipha.

Jehú, as pastor of the mission, had to lead the herd to pasture, but it was hopeless: he had to find a way to make Joaquín Flores find a job. Jehú also knew that one of the problems was in the "where" and another in the "at what."

One night, Jehú revealed to Elipha that he was leaving the mission and that, in that manner, he'd thus leave Joaquín as pastor. Elipha began to cry as Jehú explained that that was the only possible solution. Elipha, a distant relative of Saint Thomas, shook his head, negatively. Jehú went from there to the Bárcenas family; with this, his decision was irreversible.

The decision also was a serious matter in another way, because he was not only leaving the mission but also, in doing so, was burn-

con su instrumento; eso era todo. Ya, ya (decían sus tíos) el día en que la halle ...

Y el día llegó en forma de un piano en buenas condiciones. En otra vida —segura, tranquila, apacible, etc.— el instrumento, casi nuevo, había sido muy propiedad de Viola Barragán y de su primer esposo, aquel cirujano de Agualeguas, Nuevo León, Estados Unidos Mexicanos. Dama galante y peripatética, Viola traspasó del piano a otra Mercedes —la Meche Serrano— que educó, en lo que pudo, al joven Joaquín en lo del piano así como en las artes del catre. (Lo de la religión le vino mucho después aunque por las mismas rutas: 'lo religioso no quita lo rijoso' o aquello otro de 'lo del piano al piano y la dama a la cama.')

¡Caray con los refranes!

Salen como espinillas, tú.

Conviene recalcar que durante todo este tiempo, Joaquín no había arrimado hombro al trabajo. Tocaba el piano con los Pentescosteces (contra todo reglamento y creencia de la secta, seguramente) y aún estuviera allí —se supone— si hubiera habido otro entendimiento con la Merceditas Saucedo.

Cuando se inscribió con los bautistas el hambre lo acechaba pero aun así Joaquín seguía firme: no daba golpe. Su futuro —y ahora actual— cuñado, el Elifalet, como ya se dijo, le cobraba un odio texano: grande, ardiente, y sin tasa ni medida. Pero Elifalet, ignorando eso que llaman psicología, convirtió en víctima a su enemigo y así fue que Elifa fue perdiendo terreno. (Con esto, el odio intensificó pero ¡fastídiate, Elifa! No; no había válvula de escape. Jehú, amigo fijo, seguía aconsejando paciencia al lerdo de Elifalet.)

Jehú como pastor de la misión, tenía que lidiarse con todo el ganado que pastara por allí. No había remedio: tenía que hallar una manera de hacer que Joaquín Flores se pusiera a trabajar. Jehú también reconocía que uno de los toques estaba en dónde y otro en qué.

Una noche, en secreto, le dijo a Elifa que se iba de la misión y así dejaría a Joaquín como pastor. Elifa por poco llora como los meros niños mientras Jehú le explicaba que ésa era la única posible solución. Elifa, lejano pariente de Santo Tomás, meneó la cabeza negativamente. De ahí Jehú fue a ver a los Bárcenas; con esto la decisión era irrevocable.

La decisión también era cosa seria en otro sentido porque no sólo dejaba la misión sino que al hacerlo, ardía ciertos barcos; éstos serían

ing some bridges behind him; these may have been Baptist bridges, true, but the truth was they were bridges that had comfortably and willingly provided a regular life for him. Without further plans, other than leaving, relinquishing the mission to Brother Flores (because sooner or later, the day of having to go to work comes to everyone), Jehú packed what little he owned; this was on a Saturday night. For Sunday, he chose an already familiar and calming text and so to bed.

Sunday service began without incident. Elipha on his toes, of course.

1. Hymns
2. Prayers
3. Hymn and Sermon.

Jehú, then, his eyes on Eliphalet, smiled slightly:

"Brother and Sisters, I am leaving ... with sadness and sweet memories ..."

Before the faithful could react and, at the same time, without giving Joaquín neither the time nor the chance to bolt, Jehú went on: "I'm leaving you with God and at the same time, in the hands of Brother Flores ..."

He pointed over there where Joaquín was; in this instant, Joaquín, upon hearing his name, started off with Luther's "Glory Be." The people didn't know the hymn of course and were thrown off course. Laughter, however, came to Eliphalet who then had to leave the temple. The music continued, though, and Jehú, coming down now from the pulpit, walked down the aisle shaking everyone's hand.

In the meantime, the music rose to a crescendo.

After the short walk down the aisle, Jehú made for the Bárcenas' house: Eliphalet caught up with him and shook his hand. Jehú, with a light tap of the foot to the bicycle's kickstand, moved it forward, and was ready to ride. Without looking back, Jehú was making his second exit from Flora leaving the Flora Baptist Mission to lead his customary, wandering, aimless life, come what may.

This precarious life has its charm of course, but it's not for the weak at heart, or for the cowards and similar fauna.

It must also be said that in less than a year, while Jehú was in his twentieth or twenty-first year of life, the army reserve came calling, just as it had for Rafe Buenrostro a few months before the Korean War started up.

barcos bautistas, sí, pero al fin y al cabo, barcos que daban de comer sin falla, caliente y de buena gana. Sin otro plan más que el de irse, cediendo así la misión al Hermano Flores (que a todos, día más día menos, les llega el día de tener que ponerse a trabajar), Jehú empacó lo poco que tenía que empacar la noche del sábado; para el domingo escogió un texto usado y calmante y luego se acostó.

El servicio dominical empezó como si nada y con Elifalet en vela.

1. Cantos
2. Rezos
3. Canto y sermón.

Llegando al fin del servicio y listo para echarse el último himno de la mañana, Jehú, con la vista todavía en Elifalet, sonrió levemente: "Me voy, hermanos ... Con tristeza y con dulces recuerdos ..."

Antes de que los fieles reaccionaran y a la vez sin darle ni tiempo ni oportunidad de escape a Joaquín, Jehú siguió: "Los dejo con Dios y al mismo tiempo en las manos del Hermano Flores ..."

Señaló para allá donde estaba Joaquín; en ese instante, Joaquín, al oír su nombre, se arrancó con el "Glory Be" de Lutero. La gente no conocía el himno y se despistó. A Elifalet se le salió una carcajada y tuvo que abandonar el templo. La música seguía y Jehú, bajando ya del púlpito, se coló por el pasillo saludando a todo mundo.

Mientras tanto, la música seguía.

Como era corto el trecho, Jehú salió y se dirigió hacia la casa de los Bárcenas: Elifalet lo alcanzó y le chocó la mano. Jehú, con una leve patada al sostén de la bicicleta, la corrió y se montó en ella como si fuera caballito. Sin mirar atrás, Jehú hacía su segunda salida de Flora dejando así la misión bautista de Flora para seguir su vida de pueblo en pueblo, errante e independiente y a lo que cayera.

Esta vida precaria tiene su encanto pero también debe ser algo sobrecogedor para los débiles, los cagones y demás fauna.

Conviene decir que en menos de un año, y estando Jehú en veinte o veintiuno de vida, la reserva militar lo mandó llamar tal y como ya habían mandado llamar a Rafa Buenrostro meses antes de que empezara la guerra en Corea.

P. GALINDO II

In the Valley during the summer, the Southeast breezes blow in
due to the Gulf of Mexico that breaks not far from Jonesville-on-
the-River, home and base to Brother Tomás Imás. (Dr. Américo
Paredes, originally from that city and now residing in Austin, uses
the old and legal name, Jonesville-on-the-Grande.) Brother Imás
spends the greater part of his life staring from the porch of his house,
taking in the breezes that help make life somewhat tolerable during
those ferocious summers that befall the Valley thus leaving it dry,
thirsty, and dying.

But then, as soon as the cotton starts coming in at the beginning
of June, the first rains can surely be expected; it's then that the cottonpicking must be hurried, before the water comes and ruins
everything.

It was during such a summer, in another life at another time, while
Brother Imás was preaching in the cotton fields (and in Jehú
Malacara's company) that a rattlesnake came and bit the Brother:
first, close to the ankle and, an instant later, on the upper calf.

Jehú, known for his terror and revulsion for all types of snakes,
grabbed the rattler which was now beginning to coil itself around
the Brother's leg. Fearful, but furious and scared, Jehú suffocated
the snake barehandedly. Jehú's arms were shaking and he looked
as if he'd grabbed on to an electric wire; suddenly, though, he threw
the snake on the ground and started stomping it with the heel of
his high topped boot. He kept on stomping until there was nothing
left of the head.

During all this time, the people carried Brother Imás to Quirino
Longoria's truck. Quirino, at that moment, was weighing a sack of
cotton belonging to some children who picked cotton as a team.
Seeing people run and becoming aware that it was a serious matter
came to him simultaneously.

With an "I'll let you know," he took Brother Imás towards the
general hospital in Bascom while another man loosened and alter-
nately tightened the leg with Brother Imás' own blue handkerchief.
As the world knows, Brother Imás lost his leg below the knee and,

P. Galindo II

En el Valle, en los veranos, las brisas del sudeste se deben al Golfo Mexicano que se estrella no lejos de Jonesville-on-the-River, casa y cuartel del Hermano Tomás Imás. (Don Américo Paredes, originario de la ciudad y ahora vecino de Austin, emplea el nombre viejo y legítimo de Jonesville-on-the-Grande.) El Hermano se pasa buena parte de su vida sentado en el corredor de su casa, recibiendo las brisas que ayudan a pasar la vida tolerablemente durante esos veranos feroces que avenecen en el Valle dejándolo seco, sediento, y moribundo.

Así que el algodón venga saliendo a los comienzos de junio, ya se pueden esperar las primeras lluvias; entonces es cuando hay que apresurarse en la pizca antes de que el agua venga y eche todo al traste.

Fue durante un tal verano, en otra vida, mientras el Hermano Imás andaba predicando en los campos de algodón en compañía de Jehú Malacara, cuando una víbora de cascabel vino y le picó: primero cerca del tobillo y, al instante, en el chamorro.

Jehú, que siempre ha tenido un miedo y un asco a todo tipo de víbora, cogió la serpiente que empezaba a enroscarse en la pierna del Hermano. Lleno de miedo, furia y espanto, Jehú la sofocó hasta que la víbora quedó lacia. Los brazos le temblaban a Jehú y parecía a esos que se agarran un alambre eléctrico y que luego no lo pueden soltar; de repente, la arrojó al suelo y empezó a pisotearla con el tacón del zapato alto que llaman viborero. Estuvo pisoteándola hasta que ya no quedaba nada de la cabeza.

Durante este tiempo, la gente había recogido al Hermano Imás y se lo llevaron cargado hasta el troque de Quirino Longoria que, en esos momentos, estaba pesando la saca de algodón de unos niños que pizcaban en conjunto. Ver a la gente correr y darse cuenta que la cosa era seria todo fue uno.

Con un 'ya les aviso' se llevó al Hermano Imás rumbo al hospital general en Bascom mientras un señor le aflojaba y luego le apretaba la pierna con un pañuelo azul del mismo Hermano Imás. Como ya se sabe, el Hermano perdió la pierna abajo de la rodilla y a resultado

as a consequence, he went off to live in Jonesville where he was well-known due to his reputation as an orator and as a gentle person.

As soon as Brother Imás had been taken to the cotton truck, some other men went and grabbed Jehú by the shoulders to get him to stop stomping on the snake. Incoherent and hiccupping, Jehú became nauseous and then, almost immediately, vomited endlessly. Then, he began to perspire and to tremble. Later, he came up with a fever and, by that evening, while the truck was dropping off people in front of their houses, Jehú was shivering from the cold and from fever as he was taken to don Manuel Guzmán's house.

He didn't leave bed or house for three days; a week went by, and with Brother Imás, now in Klail, out of danger, although now minus a leg, Jehú still had not eaten a bite. He had washed his hands hundreds of times with anisette, with powdered cinnamon, with olive oil, etc. but each time he tried to eat, he'd make a face; he'd then get nauseous, and half-shaking he'd run off from wherever he was.

On the eighth day, a Sunday, Quirino Longoria came and took him over to Mr. Chente Peinado's house so that he could be treated for fright but even that didn't help. Some ladies who had been out in the fields during the snake incident mixed a batch of mud with water and dark Valley earth; the women rubbed his hands over and over and once more until the hands practically shone from being clean but not even then did Jehú dare to taste a bite. The next day they substituted alcohol, and quite a lot of it, too, but that didn't work, either.

Feeling frustrated, somebody said that the only thing which could clean them forever was the kerosene from the lamps. No sooner said then done, they emptied one in a basin and a woman took it to Jehú to begin the treatment; she administered it to him until Jehú dried his hands and then spread them out as instructed.

At this point, Quirino came again telling everyone to get away; he told Jehú to stand next to a barrel of water: "You understand, young man, that as soon as I light the match, the fire will jump out— Do you understand? Good . . . Don't let the air hit because you'll get burned then and it will leave a scar. What we want is for it to catch fire, true; but the instant it bursts into flames, stick your hands in the barrel. Got it? I can assure you that, with this, your hands will be as clean as the day you were born. Here goes . . ."

"Just a moment!"

de eso se fue a vivir a Jonesville donde ya se le conocía por su fama de orador y por lo apacible de su persona.

Así que habían llevado al Hermano al mueble, otros señores fueron y cogieron a Jehú de los hombros para que dejara de pisotear a la víbora. Incoherente y haciendo hipos, al rato le vinieron unas bascas y después y casi al inmediato, empezó a vomitar hasta más no poder. De ahí empezó a sudar y a pasar escalofríos. Más tarde le dio calentura y para esa noche, cuando el troque iba desparramando a la gente frente de sus casas, Jehú ya iba titureteando de frío y de calentura al entrar a la casa de don Manuel Guzmán.

No salió ni de cama ni casa por tres días; pasó la semana y con el Hermano ahora en Klail y fuera de peligro, aunque ahora con una pierna de menos, Jehú todavía no había probado bocado. Se había lavado las manos cientos de veces con anís, con canela molida, con aceite volcánico, etc. pero cada vez que trataba de comer, hacía gestos de asco, le entraban las bascas, y salía corriendo medio tembeleque de donde estuviera.

Al octavo, un domingo, vino Quirino Longoria y se lo llevó a casa de don Chente Peinado para curarlo de susto pero sin provecho. Unas señoras que habían estado en la labor cuando lo de la víbora hicieron bastante lodo con agua y tierra prieta; le restregaron las manos una y otra vez y otra vez más hasta que las manos casi relustraban de limpio; pero aun así no se atrevía a levantar bocado. Al otro día usaron alcohol y mucho, pero tampoco con eso.

Al verlo que decaía y frustrados en su afán, alguien dijo que lo único que le podía limpiar para siempre era el aceite de kerosén de las lámparas. Dicho y hecho; vaciaron una en un bacín y una mujer se lo llevó a Jehú para empezar al tratamiento; en esto estuvo hasta que Jehú se secó las manos y luego las extendió como le dijeron.

Aquí vino Quirino de nuevo diciendo que todo mundo se apartara; le dijo a Jehú que se pusiera cerca del barril de agua: "Ya sabes, muchacho, así que te prenda la mecha, la lumbre va a saltar —¿me entiendes? Bueno . . . no dejes que le pegue el aire porque entonces te quemas y luego deja cicatriz. Lo que queremos es que prenda fuego, sí, pero al instante de hacer llamas, metes las manos en el barril. ¿Entendido? Te aseguro que con eso te quedarán las manos tan limpias como en el día en que naciste. Ahí va . . ."

"¡Un momento!"

It was doña Amalia Dávalos who had spoken; she raised her hand
and stopped Quirino that way.

"Don't be so stupid, you people . . . How can you burn this child's
hands?"

"Doña Amalia . . ."

"Don't doña Amalia me! Stop right there. You, Jehú, rub your
hands. Come on . . . now, take some dirt and rub as with soap . . .
come on . . . somebody help him, man . . . now, more water and
more dirt . . . that's it . . . Now with water . . ."

"We've already tried that and . . ."

"Let me take care of it . . . now, you, young man, sit in the shade
and stay there until the end of the day."

Jehú did as instructed and stayed on the shady side of the truck.
Weak from eating nothing in over a week, the only thing that got
through him was water and that was because it was served in a tin
cup; if he had had to use his hands to drink it, well!

The next day, Amalia and her little grandson didn't go to pick
cotton; they picked up Jehú and headed for Brother Imás' smallish
house. Jehú still had not eaten and since he'd never been fat, he
now looked like death on stilts. When he saw Jehú, Brother Imás
could not understand the change and before he could ask, doña
Amalia explained it to him in detail, up to the kerosene story.

"Why kerosene on your hands, Jehú? Oh, no!"

"It's just as I told them, Brother. They would have burned him
. . . Look, Brother, I brought this youngster so that you'll cure him
. . . He is your assistant and you know him better than anyone. Look
at him . . . Just as you can see, he hasn't eaten a bite since the
snakebite . . . The fright has passed, what remains is the nausea . . ."

"The what, sister?"

"The nausea, that's why he won't eat. You know what? Why don't
you clean his hands for him? That's why I brought him . . . you wash
his hands with soap, pray, too, and I'll be praying over here on my
own . . . because otherwise, Jehú is going to die on us . . . look at
him . . ."

Then doña Amalia crossed the room and half-filled the basin on
a small table. Moving the Bible aside and carrying the basin with
both hands, she placed it near Jehú:

"Stick your hands in it, boy."

Then, making the Brother as comfortable as possible since he,
too, had his own pain, she then handed the soap to Brother Imás.

La que hablaba era doña Amalia Dávalos; levantó la mano y así detuvo a Quirino:

"No sean infames, gentes . . . ¿Cómo se ponen a quemarle las manos a esta criatura?"

"Doña Amalia . . ."

¡Qué doña Amalia ni qué nada! Alto ahí. Tú, Jehú, restriégate las manos. Ándale . . . ahora, coge la tierra y haz como si te enjabonaras . . . dale . . . ayúdele alguien, h'mbre . . . ahora, más agua y más tierra . . . eso . . . Ahora con agua . . ."

"¿Y eso qué? Ya le hemos probado y . . ."

"Déjenme a mí . . . ahora, tú, muchacho, siéntate en la sombra y quédate allí hasta que se acabe el día."

Jehú hizo lo indicado y se quedó al lado del troque que daba la sombra. Debilucho por no comer nada en más de siete días, lo único que pasaba era agua y eso porque venía en un vaso de hojalata; que si hubiera tenido que usar las manos para tomar, ni agua hubiera pasado . . .

Al día siguiente, doña Amalia y un nietecito suyo no fueron a la pizca; recogieron a Jehú y se fueron andando a la casita del Hermano Imás. Jehú seguía sin comer y como nunca fue gordo, ahora parecía la muerte en zancos. El Hermano, al ver a Jehú, no se explicaba el cambio y antes de que preguntara, doña Amalia se lo contó ce por be y hasta lo del kerosén.

"¿Poner kerosén en los manos, Jehú? Oh, no . . ."

"Fue lo que les dije, Hermano. Lo hubieron quemado . . . Mire, Hermano, le traje a este muchacho para que me lo cure . . . Es su asistente y usted lo conoce mejor que nadie. Mírelo . . . Allí donde lo ve, no ha probado bocado desde el piquete . . . Ya se le pasó el susto, lo que le queda son los ascos . . ."

"¿Los qué, Hermana?"

"Los ascos, por eso no come. ¿Sabe qué? ¿Por qué no le limpia usted las manos al muchacho? Para eso lo traje . . . Usted le lava las manos con jabón, le reza también y yo le rezo acá por mi cuenta . . . porque si no, este muchacho se nos va a morir . . . mírelo . . ."

Entonces doña Amalia cruzó el cuarto y medio llenó el bacín que estaba en una mesita. Haciendo un lado la biblia y con el bacín en las dos manos, se lo arrimó a Jehú:

"Mete las manos, chamaco."

Luego, acomodando al Hermano lo mejor que podía ya que éste también tenía su propio dolor, le pasó el jabón al Hermano Imás.

She withdrew with her grandson to a corner in the room and prayed one "Our Father" after another while the Brother and Jehú washed their hands together:

"Cleanse the hands of the innocent one, Lamb of God. Of this faithful servant who needs your help, Oh Lord."

Once their hands were washed and dried, Brother Imás told Jehú not to eat yet for another forty-eight hours.

"Why not, Brother?"

"Because the healing doesn't take effect for another forty-eight hours ... You must continue fasting, Jehú."

"But, I already feel hungry, Brother. Really, the nausea is gone ... look, give me that piece of bread there."

"Give thanks to God for now, but you can't eat ..."

Doña Amalia took her little grandson and said: "Come on, Amancio; touch that man. You're a saint, Brother. A true saint."

"No, dear sister; I am a sinner in a Valley of Tears; a servant of the Lord."

"What do you know, Brother! I know what I'm saying: You're a saint, no more and no less. I swear it by this cross." Then doña Amalia made the sign of the cross and said, "Hey, you, Jehú, let's go now and thank the Brother. He has to rest."

"First, sister, my thanks to Jehú for being lion-hearted."

Maybe it's unnecessary to say so, but the Brother well knew that for Jehú—by placing upon him the restriction of not eating for forty-eight hours—the nausea had passed. Jehú got over it on his own; the Brother might not be a saint, of course, but he knew Jehú better than anyone. He also knew that Jehú, ever since they'd met in Flora that first time, had an indescribable fear of any kind of snake. Jehú's going around with him through the rows of cotton and paths in spite of his terror was something that had impressed the Brother.

When Brother Imás felt the two snake bites, he saw that Jehú grabbed the rattler with his own hands; Brother Imás, like no one else, recognized, too, the boy's bravery.

Reaching over to the little table, he found the Biedner Publisher's New Testament and looked for the part where Saint John talks about man's greatest love.

Ella se retiró con el nieto a un rincón del cuarto y empezó un Padrenuestro tras otro mientras el Hermano y Jehú se lavaron las manos juntos:

"Limpia las manos de este inocente oveja de Dios. De este servidor fiel que necesita tu ayuda, o Señor."

Una vez lavadas y secadas las manos, el Hermano Imás le dijo a Jehú que todavía no podía comer hasta pasar otras cuarenta y ocho horas.

"¿Y por qué no, Hermano?"

"Porque lo remedio no tomando efecto hasta cuarenta ocho horas ... Tú siguiendo ayunando, Jehú."

"Pero es que ya me siento con hambre, Hermano. De veras ... se me fue el asco ... a ver, páseme ese pedazo de pan."

"Dar gracias a Dios por ahora, pero no puedes tú comer ..."

Doña Amalia cogió a su nietecito y le dijo: "Ven, Amancio; toca a ese señor. Usted es un santo, Hermano. Un verdadero santo."

"No, querida hermana; yo siendo pecador en un Valle de lágrimas; un siervo del Señor."

"Usted qué sabe, Hermano. Yo sé lo que le digo: Usted es un santo, ni más ni menos. Se lo juro y por esta cruz." Entonces doña Amalia se persignó y dijo: "Eit, tú, Jehú, vámonos ya y dale las gracias al Hermano. Tiene que descansar."

"Primero, hermana, mis gracias a Jehú por su corazón de león."

Quizá esté demás en decirlo, pero el Hermano bien sabía que Jehú – al ponerle la rienda de no comer por cuarenta y ocho horas – ya le había pasado el susto. Las riendas ya las rompería Jehú por sí solo; el Hermano no sería un santo, no, pero conocía a Jehú mejor que nadie. También sabía que Jehú, desde que se habían conocido en Flora en aquella primera ocasión, tenía un miedo indecible a cualquier tipo de víbora. Andar Jehú con él cruzando zurcos y veredas a pesar de terror era algo que le podía al Hermano.

Cuando sintió los picotazos vio que Jehú cogió la víbora con sus propias manos; el Hermano Imás, como nadie, también reconoció el valor, en cualquier sentido, del muchacho.

Tentando en la mesita dio con el Nuevo Testamento de la Biechner Publishers para buscar aquello donde San Juan habla del amor más grande que hay.

P. Galindo III

From time to time, a special privilege is granted to a few to strike a well-delivered and, furthermore, well-deserved blow. In order for the blow to be enjoyed, however, it must be executed with a professional touch and its two corollaries: seriousness and attention suited to the job at hand.

As said, this rarely happens; and less then is supposed and much less, too, than what is imagined or wished even. It is also true that a certain virtue and talent are needed, as well as some determination and endurance. Time, willingness, patience, and dedication should be added to all of this; products then, of the discipline that leads to professionalism.

The scarcity of examples in this regard is due to human frailty, to man's lack of constancy. I'm sure that's what it is. It's simple enough to understand, but without consistency, success—in whatever enterprise, if there is to be success—will lack a certain flavor, a tang. What'll probably turn out to be the case is that failure, not success, will be the end result.

On the day that Ignacio Loera came up with the idea of how to deal permanently and conscientiously with Rita, his wife, and with Moisés Guevara (her lover), he rose early as on any August day here in Belken: clear skies, the temperature at about 82°F by ten o'clock in the morning; and by four in the afternoon, the mercury would settle at 97°. The slight breeze was on the warm side and the only thing to do was to lay still; once in a while, a dog would bark but it would soon get tired or bored and stop making the effort.

That August morning, around six, Ignacio, as usual, was dressed, shaved, and smoking a cigarette of cut tobacco; in his left hand, the steaming cup of coffee. To say that he was in deep thought says it all; another puff from the leafy cigarette, and smoke and steam blended again . . .

"Son of a bitch is nearly two feet taller'n me . . . and there's no point thinking about the weight difference either; still, there's no other way, I've reached the limit . . . and look at her there . . . snor-

P. Galindo III

Reservado es a muy pocos el dar, de vez en cuando, un chingazo bien dado y a quien se lo merezca. Para que la cosa sepa bien, debe haber un algo con marcas de profesionalismo y sus corolarios: la seriedad y la atención debida a la tarea.

Como se dijo, esto ocurre poco; menos aun de lo que se cree y mucho menos también de lo que se sueña o se quisiera. También es el caso que se necesita agrupar cierta virtud y talento, cierto tesón y aguante. Se puede agregar tiempo y voluntad, paciencia y dedicación; productos todos de la disciplina que conduce al profesionalismo.

La pobreza de ejemplos se debe a la flaqueza del ser humano; a su falta de consecuencia. Me parece que eso es todo. Bien sencillo es pero si no se es consecuente, entonces el éxito en cualquier emprendimiento, si es que haya éxito, tendrá poco sabor. Lo más probable, claro, es que no haya tal éxito.

Aquí no se habla de fuerza, se habla de firmeza. Basta con lo dicho; ya veremos más adelante.

El día que a Ignacio Loera le vino la idea de cómo amanársela para siempre y a conciencia con Rita, su mujer, y con Moisés Guevara, amaneció como cualquier otro agosto aquí en Belken: cielo despejado, el tiempo a los 82° F para las diez de la mañana y para las cuatro de la tarde, el mercurio rendido en los 97° todavía de F. La leve brisa más bien cálida y lo único que se podía hacer era estarse quieto; de vez en cuando ladraba un perro que luego se cansaba o se aburría y se dejaba de molestar.

Esa mañana de agosto, a eso de las seis, Ignacio, como de costumbre, se encontraba vestido y rasurado, fumándose uno de tabaco picado; en la mano izquierda, la taza humeante de cafe. Decir que cavilaba es decirlo todo; otra chupada al de hoja, y los humos se volvieron a mezclar . . .

" . . . cabrón me lleva casi dos pies . . . y en peso ni pensar; pero ni modo, esto ya es colmo . . . y mírenla allí . . . roncando . . . Ta

ing . . . it's O.K., you'll get yours, too, . . . go ahead and snore some
more and snore and fart if you like . . . make yourself at home . . .

"There's no turning back, though . . . that Moisés will pay for it
. . . for all of it and at once, too. You, too, Rita . . . And why hadn't
I thought about it before? Ha! It's like I always say: I've been the
biggest fool of all time . . . But this is it. No more. Everybody gets
theirs and these two head the list. As the tango says: '. . . life's a
puff-a air . . .' What's important is that this plan o' mine works out . . ."

The cigarette extinguished and placed behind the ear, Ignacio Loera
emptied the cup, rinsed it using no soap so that it'd dry by itself.
He then went out of the kitchen, stepped into the yard, and went
inside the garage. They didn't own a car, but there, everything neat
and in place, Ignacio had stored a .410, an old rifle but still in good
condition. He took it apart and stuffed it in a grocery bag; instead
of reentering the house, he went around it and headed for don
Ceferino Barrientos' clothing store walking in the most natural way.

The few people who could be seen on the opposite sidewalk would
wave at Ignacio; with his left hand, he'd return the greeting: an everyday event, in any case.

Up to now, a day just like any other. The doors to the Izaguirre's
restaurant were already wide open and the locks to the Almanza's
gas pumps had been removed. Marcos Marroquín was counting the
number of newspapers from Klail, (the *Klail City Enterprise News*)
for distribution; some old men, perennial early risers, were already
heading toward the shady benches in the center of Flora's Mexican
Town which, little by little, was coming alive. Ignacio entered the
Barrientos' store; placed his package in the side closet and his hat
on top of the bag.

Hardworking and trusted by the Barrientos since childhood, Ignacio began another day. At home, the same thing: around eight
o'clock, Rita got up and set to warming up the coffee that Ignacio
had left for her; she opened the door and picked up the *Enterprise*.
Around nine-thirty she bathed, dressed, and waited for noontime.

At Moisés Guevara's house almost the same thing; instead of coffee: chocolate; instead of toast, sweet bread—pan de dulce—that he'd
brought home the night before. The newspaper wasn't there and
he took advantage of the delay to shave and bathe. He went up
to the second floor and left the bathroom window open to see when
the paper would come.

bien, desgraciada, a ti también ... Róncale, róncale, y tira un pedo si quieres ... Estás en tu casa ...

"No hay vuelta ... el Moisés me las pagará ... todas juntas y a la vez. Y tú también, Rita ... Mira, h'mbre, y no habérsemelo ocurrido antes. ¡Ja! Lo que digo, pa' pendejo me ganan pocos ... Pero esto se va a acabar ... Sí ... a todos les llega su día y a éstos dentro de muy poco. Como dice el tango: "... es un soplo la vida." Lo importante es que la cosa salga bien, sí."

El cigarro apagado y vuelto a la oreja, vació la taza y la limpió con agua y sin jabón para que se secara por sí sola. Salió de la cocina al solar y entró al garage. No tenían carro y allí, limpiecito y con todo en su lugar, guardaba Ignacio un .410; arma vieja pero en buenas condiciones. Lo desarmó y lo metió en una bolsa de esas de provisión; esta vez no volvía a la casa sino que la rodeó y se dirigió a la tienda de ropa de don Ceferino Barrientos como lo más natural.

La poca gente que se veía por la banqueta opuesta saludaba a Ignacio; éste, con la mano izquierda, les devolvía el saludo: en fin, suceso de todos los días.

Hasta ahora un día como otro cualquiera. Las puertas del restorán de los Izaguirre ya se estaban abriendo y a las gasolineras de los Almanza ya se les habían quitado los candados. Marcos Marroquín contaba el número de periódicos procedentes de Klail, el *Klail City Enterprise-News* para repartir y vender; unos viejitos, siempre madrugadores, ya iban rumbo a las bancas de sombra en el centro del Pueblo Mexicano de Flora que, poco a poco, se llenaba de vida. Ignacio entró en la tienda de los Barrientos; puso el paquete en el ropero y el sombrero adentro de la bolsa.

De confianza y trabajador en que los Barrientos desde chico, Ignacio empezó el día de lo más natural. En su casa también: Rita, a eso de las ocho, se levantó y se puso a calentar el café que le había dejado Ignacio; abrió la puerta de tela y recogió el *Enterprise*. A eso de las nueve y media se bañó y luego se vistió a esperar el mediodía.

En casa de Moisés Guevara casi igual; en vez de café: chocolate; en vez de pan tostado: pan de dulce que había traído la noche anterior. El periódico no estaba y aprovechó la tardanza para rasurarse y bañarse antes de leerlo. Subió al segundo piso y dejó la ventana del baño abierta para ver cuándo llegaba el papel.

At twelve, Rita Loera, in a light dress and high heels, clicked in the direction of American Town; she'd work from one to nine at the American pharmacy and there, around nine-thirty in the evening, Moisés would come by to pick her up in his car.

If the impression given is that they did it shamelessly, that's precisely the intent: none of that hiding around nonsense; at nine-thirty, the money counted and put in the safe, Rita would hear the loud honking of Mo's horn and would leave hurriedly; from there, to the nearest orange orchard.

Ignacio walked home around seven; he'd eat whatever he felt like and afterwards, he'd talk or listen to what was said about this and that around the neighborhood. Other times, he'd stay home, read, and go out later. The fact is that if he went out first, he'd read afterwards upon returning home at around eleven; one hour or two later, Rita came in. Sometimes, they arrived almost together; on other occasions, she'd arrive first. No pattern.

When Rita's and Moisés' affair began and Rita started to come in later, there were excuses of one kind or another for the first month; for the second month, it was her lady friends, or the movies, or whatever; the third month: nothing. Rita would undress, go to bed, and then to sleep. Nor did she come home early on her menstrual period days, either. Ignacio said nothing about all this nor did he raise a fuss like: "Who is it, you so-and-so, so that I can take care of him?" or the stuff about "take this and *this* . . ." None of that; besides, Rita wasn't old and, to tell the truth, Ignacio wasn't the violent type anyway.

What's there to say about Moisés? Sure of himself, slight insinuating smile, trimmed mustache, and, like Ignacio, in his thirties though much taller; and (as a used car salesman) never at a loss for a car.

In Flora, the water runs downhill just as it does in Klail and in other parts of the world; people, too, know more than they tell you. The ones in Flora who don't know, need only to ask. *Everyone* knew about the triangle, but after three months, people became bored with it as a child tires of his toy, no matter how new it may be.

Nobody talked about the affair anymore and those who called Ignacio "dummy," "stupid," "shafted," "pimping cuckold," finally got bored with it and laid their eyes and minds on something else that would entertain them; there was no future there. "That Ignacio is too far gone, man; he won't even defend himself, etc." If they didn't say exactly that, then it was something like it.

A las doce, Rita Loera de vestido ligero y tacón alto, salió rumbo al pueblo americano; trabajaba de 1 a 9 en la farmacia americana y allí, a eso de las 9 y media de la noche, vendría Moisés Guevara para recogerla en el carro.

Si la impresión recibida es que lo hacían descaradamente, eso es precisamente lo que se proponía: nada de andarse escondiendo; a las 9:30, contado el dinero y puesto en la caja fuerte, Rita oía el pitazo de Moisés y salía de prisa; de ahí, a cualquier naranjal.

Ignacio llegaba a casa a eso de las siete; cenaba lo que se le antojara y después salía con unos señores a hablar o a escuchar lo que se decía de esto y aquello. Otras veces se quedaba en casa a leer y después salía. El caso es que si salía primero leía después, al volver a casa a eso de las once; a la hora o dos entraba Rita. A veces llegaban casi juntos; en otras ocasiones, ella llegaba primero.

Cuando empezó lo de Rita y Moisés, y Rita empezó a llegar tarde, el primer mes hubo excusas de esta u otra clase; al segundo que las amigas, que el cine, o lo que fuera; al tercero: nada. Rita se desvestía, se acostaba y a dormir. En los días de menses tampoco venía temprano. A todo esto Ignacio no decía nada ni hacía escándalos ni nada de ¿quién es, jija-de-la-chingada, pa' rajarle la madre? o aquello de ¡Toma, vieja cabrona, pa' que aprendas . . . ! Nada de eso; además, Rita no estaba vieja y, a decir verdad, Ignacio no era de violencia.

De Moisés ni se diga: seguro de sí mismo; sonrisa leve; bigote regular; en sus treintas como Ignacio aunque mucho más alto; y, como vendedor de carros usados, nunca le faltaba mueble.

En Flora el agua corre cuestabajo como en Klail y en otras partes del mundo; la gente también sabe más de lo que dice y el que no sabe en Flora, lo único que tiene que hacer es preguntar. Lo del trío ya se sabía, pero al fin de tres meses, la gente se aburrió como cualquier niño que se aburre con su juguete por tan nuevo que sea. Ni se comentaba el asunto ya y los que llamaban 'bruto' 'pendejo' 'dejado' o 'cabrón alcahuete' a Ignacio, por fin se fastidiaron y pusieron los ojos y las mentes en otra cosa que los entreteniese: allí no había futuro; 'ese Ignacio esta de la patada, h'mbre; ni se defiende.' Si no decían eso precisamente, entonces era algo parecido.

But, obviously, that wasn't the case at all.

One day, just by luck, Igancio found out that the lovebirds had seen each other at his own home: Moisés had left a tie in the kitchen. This was too much, really and truly. (Sometimes what one calls coincidence should be called opportunity, and one must always take the first advantage. But, as said before, one needs a plan, or better yet, some detailed plans leaving nothing to chance. This is where discipline and patience come in, and one needs to apply the tactics necessary to achieve a winning strategy. (On one's part, one must invest determination and endurance.)

The day before setting the plan to work, Ignacio was home at the usual hour; he ate dinner indifferently and then he began to read, for the one-hundredth time, a small book on art which dealt with, among other things, a painting where a king or a prince used to brag about his wife's beauty and who then had invited his best friend, who was also his best general, to mount the queen or whatever she was ... Tiepolo's mural.

Ignacio thought the king was more than stupid and almost at the same time he wondered whether he, Ignacio, weren't so, too ... "No, my case is different; I didn't invite Moisés ... My problem is that I have no plan ... but it'll come to me." (Patience, discipline, etc.)

He went out at eight-thirty to the corner where the neighborhood men usually gathered and began to listen. He headed for home at eleven-thirty; Rita was already in bed. Ignacio sat in the kitchen and read again about that nobleman who had witnessed the coupling that he had made possible.

The following day: Up and to work. That evening he ate dinner, read and went out not returning until midnight and that's how the week ended. Weekends followed the norm: quiet house on Saturday and on Sunday, early to bed for work on Monday.

It was on the following Monday when he woke up at three in the morning. He went to the kitchen and set to think. The morning light surprised him: and, from there, shave, bath, coffee, trip to the garage and the .410 back in its place.

Thursday came, the package with him and the plan had now defined itself.

That Thursday, then, he worked until five and not past six as usual. He went to the closet, took his package and left. After this he walked to Red Baxter's car lot to look for Moisés.

Se ve que hay bastante fondo en el asunto y ni para qué agregar más.

Un día, por casualidad, Ignacio se dio cuenta que los tórtolos se vieron en su propia casa: Moisés había dejado una corbata en la cocina. El colmo, sí; verdaderamente. (A eso de la casualidad a veces se le llama oportunidad y siempre hay que aprovechar lo que a uno le caiga encima. Pero, como ya se dijo antes, se necesita un plan, y mejor, ciertos planes minuciosos sin dejar nada desprovisto: aquí se necesita la disciplina y la paciencia para aplicar las tácticas necesarias que lleven a cabo la estrategia total. Por su parte, uno pone el tesón y el aguante.)

El día antes de poner el plan en marcha, llegó a casa a la acostumbrada hora; cenó indiferentemente y luego se puso a leer, por la centésima vez, un pequeño libro de arte que trataba, entre otras cosas, de una obra donde un rey o príncipe que se jactaba de la belleza de su mujer y que invitó a su mejor amigo, que también era su mejor general, a que montara a la reina o lo que fuera . . . Se trataba del mural de Tiépolo.

Ignacio pensó que el rey se pasaba de bruto y casi al momento pensó que si él, Ignacio, también no lo sería . . . "Lo mío es distinto; yo no invité a Moisés . . . Lo que me pasa es no tengo plan . . . pero ya me vendrá." (Paciencia, disciplina, etc.)

Salió a las ocho y media, como si nada; se fue a la esquina donde se juntaban los señores y se puso a escuchar. No volvió a casa hasta las once y media; Rita ya estaba acostada. Ignacio se sentó en la cocina a leer de nuevo de aquel noble que había presenciado el ayuntamiento que él mismo había facilitado.

El día siguiente amaneció y al trabajo. Esa noche cenó, leyó, y salió para no volver hasta la media noche y así cerró la semana. Los fines de semana eran los de siempre: casa quieta el sábado y el domingo a acostarse temprano para el trabajo del lunes.

Fue el lunes siguiente cuando despertó a las tres de la madrugada. Se fue a la cocina y se puso a pensar. Lo sorprendió la luz de la mañana: y, de ahí, rasura, baño, café, viaje al garage y el .410 en su sitio.

Llegado el jueves y el paquete consigo o en su lugar, iba y venía con él de casa al trabajo y a casa de nuevo. El plan había cuajado.

Ese jueves trabajó hasta las cinco que no a la seis como de costumbre. Se fue al ropero, cogió su paquete, y se marchó. Iba en dirección del lote de carros de Red Baxter en busca de Moisés Guevara.

Upon arrival and so as not to scare Moisés, Ignacio asked some Anglo salesman where he could find Mr. Guevara. The Anglo said, "Just a minute," and a while later, a shout was heard, "Hey, Mo! you've got a customer up front." Moisés came in straightening his tie, and when he saw Ignacio, his smile and greeting became stuck in a repetitive "How are, are, are ..."

"I'd like to speak to you about a business deal, Moisés ..."

"Business? Sure, of course ..."

"Do you have a car like ..."

"Sure, look; right outside. Come on ..."

They got in a green, four-door Oldsmobile. Quite frankly, Ignacio didn't inspire much fear and upon leaving the lot, Moisés told him: "You were saying ..."

"I must tell you I wasn't looking for such a big car as this one here ... rather something ... something smaller ... something I can afford."

"You want a car, Ignacio? Why didn't you say so, man? Yes! Why didn't you say so! At the lot I've got a red one ... a Plymouth; good tires, it's got a radio and a heater for cold weather ..."

"And this one ... what is it?"

"Oh, no ... this one's an Oldsmobile ... top of the line ... fully automatic ... look at the windows ... huh? How about that? Now, I'll put on the air, and listen to this radio ... now, say someone is riding in the back seat, well, I just turn here and the music comes out of over there ... See? This one's got it all ... and looky here: 120 miles per hour ... and it does them, too. The previous owner took good care of it, but I know it does 120, for a fact. Great car, huh?"

"It's pretty, yes, but it's too much car for me ..."

"We do the financing ... it's easier that way."

They must have been at this some twenty minutes, when Ignacio said: "Why don't you take me home now and we'll see if tomorrow, Friday, I can drop in here again?"

"Of course; a pleasure!"

Just before seven, Ignacio and his package got down in front of his house. Thanking Moisés, Ignacio walked into the kitchen; once there, he assembled the .410 cal. and pointed it up in the air saying: "Bang, bang!"

Al llegar y para no espantar a Moisés, le preguntó a un bolillo que dónde se encontraba Mr. Guevara. El bolillo dijo, "Just a minute," y al rato se oyó un grito, "Hey, Mo! You've got a customer up front." Moisés venía componiéndose la corbata y al ver a Ignacio se le atoraron la sonrisa y el saludo: "Bueeeee."

"Quisiera hablar contigo sobre un negocio, Moisés . . ."

"Sí, verdad . . ."

"¿Tienes un carro como . . . ?"

"Sí, mira; allí fuera. Vente . . ."

Se montaron en un Olds verde de cuatro puertas. Ciertamente, Ignacio no inspiraba mucho miedo y al salir del lote, Moisés le dijo: "Tú dirás . . ."

"Sabrás que no quería ni buscaba un carro tan grande . . . sino algo . . . algo más pequeño . . . algo que estuviera a mi alcance."

"¿Buscas carro, Ignacio? ¡Haberlo dicho, hombre! ¡Haberlo dicho! En el lote tengo uno colorado . . . un Plymouth; buenas llantas; tiene radio y tiene jira para el tiempo de frío . . ."

"¿Y éste . . . qué es?"

"Ah, no . . . este un Oldsmobile . . . de los más grandes en la línea . . . todo automático . . . mira las ventanas . . . ¿eh? ¿qué tal? Ahora pongo el aire y mira el radio . . . ahora: dí que alguien va en el asiento de atrás, bueno, nomás le volteo aquí y la música sale allá . . . ¿Qué te dije? N'hombre, éste tiene todo . . . y ahí donde ves, 120 millas por hora . . . las hace. El dueño que lo tuvo lo trató bien pero yo sé que hace 120 si se quiere . . . ¿Carrazo, eh?

"Ta bonito, sí, pero es mucho carro para mí . . ."

"El financiamiento lo hacemos nosotros . . . así es más fácil."

Llevarían unos veinte minutos en esto cuando Ignacio le dijo, "¿Por qué no me llevas a la casa y a ver si mañana viernes paso por acá de nuevo?"

"¡Cómo no y con mucho gusto!"

Poco antes de las siete, Ignacio y su paquete se bajaron en frente de la casa. Dando las gracias entró por la puerta de la cocina; una vez allí, armó el arma de nuevo y lo apuntó al aire diciendo: "prá, prá."

So far, so good, he thought; he then waited until after ten o'clock when it was already dark and he returned the .410 to the garage again.

That same night, the same routine for everyone; the Flora townspeople at the corner or visiting, and those two in the backseat of the green, four-door Oldsmobile with the automatic windows and the radio and the music . . .

On Friday, God dawned a day just like any other in Belken in August: clear skies, a slight breeze, and the same temperature forecast: in the nineties.

By six o'clock, as usual, Ignacio was dressed and ready to go to work. He smoked himself a cigarette, drank his coffee and afterwards went to the garage. Rita was still asleep, of course, and upon leaving, as u., Ignacio shut the door trying not to make much n.

He spent the day at his job just as any other and that afternoon he called at Baxter's car lot: He wanted to see the little red car that Mr. Guevara had mentioned to him; however, Ignacio said he hadn't been told the cost . . . Half a minute later, Moisés was on the phone. First off, a greeting, and then, that "of course," "why not," "with pleasure," etc. It was decided that he'd pick up Ignacio around seven at Barrientos' store.

When Moisés pulled up, there stood Ignacio and his package again. "Ready?"

Ignacio scratched a sideburn and looking at Moisés and then at the package, he said: "Yes; listen, can you take me home first? I can drop this off and we can have some coffee; after half an hour of driving the little car we can start the bargaining."

"That's fine . . . but I don't think there'll be any bargaining. I'll sell it to you at a good price; you'll see. It's the car for you, Nacho."

The Nacho bit, and considering the source, was like a kick in the crotch.

When they got to the house, Ignacio placed the package on the table, he lifted the coffee pot (but he already knew this), there were no less than two cups of coffee.

"Now, I'll just let it warm up a bit, and I'll be right back." He took the package to the bedroom.

Moisés rose and opened the drawer to the right of the stove; he took the ashtray out; then, he lit up a Lucky, crossed his legs and watched the coffee pot and the flame. When Ignacio returned, Moisés

Pensó que todo iba bien; se esperó hasta después de las diez cuando ya estaba oscuro y volvió el .410 al garage de nuevo.

Esa misma noche la misma rutina de todos: la gente de Flora en la esquina o haciendo visitas, y aquellos dos en el asiento de atrás del Oldsmobile verde de cuatro puertas con ventana automática y con radio y música ...

El viernes, Dios amaneció un día como cualquier otro en Belken en agosto: cielo despejado, poca brisa y se anunciaban las temperaturas de siempre: en los noventa.

Para las seis, como de costumbre, Ignacio estaba vestido y listo. Se fumó un picado, tomó su café, y después fue al garage. Rita dormía y al salir, como de c., Ignacio cerró la puerta tratando de no hacer mucho r.

El día lo pasó en su trabajo como todos los otros y esa tarde llamó a que Baxter: que quería ver un carrito colorado que le había mencionado Mr. Guevara sólo que no le habían dado un precio ... al medio minuto se puso Moisés en el teléfono saludando y toda la cosa, que sí, que cómo no, que encantado ... Se decidió que recogería a Ignacio a eso de las siete en la tienda.

Cuando llegó Moisés, allí estaba Ignacio con su paquete otra vez. "¿Listo?"

Ignacio se rascó una patilla y viendo a Moisés y luego al paquete, dijo: "Sí; oye, ¿no me llevas a la casa primero? Dejo ésto y nos echamos un café; en media hora de manejar el carrito empezamos el regateo."

"Ta bueno ... pero no creo que haya regateo. Te lo dejo en buen precio, ya verás. Es un carro que te conviene, Nacho."

Eso de Nacho, y viniendo de quién venía, le cayó a Ignacio como patada en los huevos.

Llegando a la casa, Ignacio puso el paquete en la mesa. Levantó la cafetera y, como ya sabía, había no menos de dos tazas de café. "Ahora lo pongo a recalentar y ahorita vuelvo." Se dirigió a la recámara con el paquete.

Moisés se levantó y abrió un cajón a la derecha de la estufa; sacó un cenicero; luego prendió un Lucky, cruzó las piernas y se quedó viendo la cafetera y la llama. Cuando volvió Ignacio, Moisés ni le

didn't even pay attention to him until Ignacio spoke: "Take two cups
... do you take sugar?"

When Moisés did look up, he found the .410 pointing at him.
Before Moisés could say a word, Ignacio said, "Serve yourself some
coffee and sit down; now, take the cup with both hands ... like
that ... Don't open your mouth. Don't say a word, Moisés. Quiet,
O.K.?"

One sitting down, the other standing; they remained like that close
to an hour and a half. It's hard not to talk for an hour and a half
when you're a mere six feet away from someone you know, but in
this case the .410 helped dry Moisés mouth. At first, Moisés began
to perspire a bit, but the initial fear had passed.

Around nine or so, Ignacio coughed and said, "My wife's going
to think you stood her up or something but she won't get mad. Rita's
faithful, and she'll wait for you. Of course, after half an hour she's
going to hold it against you, and she'll come home, furious; on cross-
ing the street she'll see the little car and think you came over here
to surprise her ... she'll pout, and when she sees you, she'll plan
to say: 'Why did you make me walk, honey?' But don't worry, Moisés,
she won't say it in anger ..."

Moisés—and take into account how difficult it is to describe his
face—couldn't think of what to say, nor where to start. His eyes
(flickering like fireflies) remained riveted on the shotgun.

"She won't be long, really. How big is Flora, anyway? Listen well,
Moisés: she'll enter and she'll be talking; you don't say a word. You
speak up, Moisés, and I'll blow a hole in you, I'm warning you. As
I was saying, she'll enter saying something ... she'll gasp for air when
she sees me, but she'll recover and she'll want to scream. At this
point, you'll come in; you'll cover her mouth, and if she tries to
struggle, 'treat her with care, she belongs to me,' as the song says.

"I'm warning you, Moisés ... you open your mouth and I'll blow
a hole in that face of yours ... She won't be long now."

And there she was, on the dot. The slam was not from anger;
surely, she must have seen the little red car.

When she did enter, it seemed as if the plan were going to fall
apart, but Ignacio gestured with the .410 and Moisés embraced Rita
to calm her down. She reacted and was going to jump Igancio when
he cocked the shotgun. With his index finger on the trigger he said,
"Shutup or I'll shoot right now. It's up to you, you dollar whore."

"Dolla ..."

puso cuidado hasta que aquél dijo: "Coge dos tazas . . . ¿tomas azúcar?"

Cuando Moisés levantó la vista, se encontró conque el .410 se le apuntaba a la cara. Antes de que abriera la boca, Ignacio dijo: "Sírvete el café y siéntate; ahora coge la taza con las dos manos . . . así . . . No abras la boca. No digas nada, Moisés. Tú, quieto, ¿sabes?"

El uno sentado y el otro de pie; así se quedaron cerca de hora y media. Difícil es no hablar por hora y media cuando se está a seis pies de alguien conocido pero en este caso el .410 ayudó a secarle la boca a Moisés. De primero Moisés empezó a sudar un poco pero luego se le pasó el susto inicial.

A eso de las nueve Ignacio tosió y dijo: "Aquélla va a creer que la dejaste plantada pero no se va a enojar. La Rita te es fiel y te esperará. Eso sí, después de media hora te lo va a resentir y se ha de venir caldeada a la casa; al cruzar la calle verá el carrito y creerá que te veniste para acá pa' darle una sorpresa . . . hará un mohín y cuando te vea piensa decirte, '¿Por qué me hiciste andar, rey?' Pero descuida, Moisés, no te lo dirá de enojo . . ."

Moisés—y vaya lo difícil de describirle la cara—no hallaba qué decir, por dónde empezar. Los ojos le bailaban como cocuyos y no le quitaban la vista al .410.

"No ha de tardar. ¿Qué tan grande es Flora, verdad? Óyeme bien: va a entrar hablando; tú no digas nada. Hablas, Moisés, y te abro un boquete, ya sabes. Lo que te digo: va a entrar hablando . . . un sofocón de aire cuando me vea y después, al recobrarse, va a querer gritar. Aquí entras tú; le tapas la boca y si trata de forcejear, 'trátala con cariño, cielito lindo, que es mi persona.'

"Ya sabes, Moisés . . . tú que chistas y yo que te abro un boquete en la cara . . . No ha de tardar en llegar."

A la hora y minutos de esto se oyó el portal de la cerca de enfrente. El cerrón no fue de enojo; seguramente había visto el carrito colorado.

Al entrar, el plan parecía que se iba a estropear pero Ignacio hizo la señal con el .410 y Moisés abrazó a Rita para calmarla. Aquella reaccionó y se le iba a echar a Ignacio cuando éste aplanó la llave del rifle; con el dedo índice en el gatillo dijo: "Cállate la boca o te doy en la mera madre; tú decide, pinche bestia animal."

"¿Pinche bes . . .?"

"Yes; Dollar. And a whore. Now comes my turn ..."

"Huh?"

"Shut up, you fart!"

"Far ... what?"

"Fart ... and don't open your mouth again."

"Who?"

"That's the second time, Rita ... You open it once more, and I'll blow you away. Now; both of you: strip!"

"What?"

"Shut the hell up. Strip!"

"You're ..."

"Shut up, you asshole!"

"Ig!"

"Shut up, I said ..."

"You bast ..."

"Shut up, you piece of meat!"

(Stripped, buck-toothed naked, and standing under the dull glare of the kitchen bulb:)

Ignacio opened the door and signaled for them to go out of the house. Ignacio pointed the shotgun at Rita, and they went out through the kitchen up to the porch and from there to the sidewalk; Ignacio said: "If you run, Moisés, I'll kill Rita. And you, Rita, if you run, I'll shoot a bullet through you ... either way, the one who dies is you, Rita. Now, open the gate, Moisés and take her by the hand. Isn't that nice? Move!" He locked the door, casually.

The three of them walked something like two blocks when Ignacio fired a blast into the air. Moisés and Rita froze. The men at the corner came running at the sound of the shot. Since all three were under the corner street light, the trio could be seen as if it were daylight. Some women came out to the porch, saw them, and raised their hands to their heads and reentered the house screaming. The seven or eight men remained across the street as if stupefied, and then Ignacio turned to them:

"What I have to tell you won't take me a minute. I got home, and I found them like this ... You may think I'm crazy not to've shot 'em, but no ... I admit I never showered her with attention and that if anyone's to blame, it's me. I also admit, that they love each other ... and that I'm of little consequence to her. I admit this. I leave them here with you ... Goodbye."

"Sí; Pinche. Bestia. Y animal. Ahora va la mía ..."

"¿Eh?"

"¡Qué te calles, pedorra!"

"¿Pe qué ...?"

"Pedorra ... Y no vuelvas a abrir la boca ..."

"¿Quién?"

"Ya van dos, Rita ... la abres otra vez y te tumbo de un balazo ... Ahora, desvístanse los dos."

"¿Qué?"

"Chist. Desvístanse."

"Estás ..."

"¡Qué se callen, cabrones!"

"¡Ig!"

"Cállese, le dije ..."

"Jijo de tu ch ..."

"Cállate perra callejera."

Ignacio abrió la puerta y les señaló que salieran. Se iban a detener cuando Ignacio apuntó a Rita y salieron por la cocina hasta el corredor y de ahí a la banqueta; Ignacio dijo: "Si corres, Moisés, mato a Rita. Y tú, Rita, si corres, te doy un balazo ... sea como sea, la que muere serás tú, Rita. Ahora, abre el portón, Moisés, y agárrala de la mano. Ahora, cuélenle."

Anduvieron cosa de dos cuadras cuando Ignacio disparó un balazo al aire. Moisés y Rita se detuvieron sin saber qué hacer. Los hombres de la esquina se vinieron rumbo al disparo sin la menor idea. Como los tres estaban debajo del farol de la esquina se les veía como si de día. Unas mujeres que salieron al corredor los vieron y se llevaron las manos a la cabeza entrando a la casa y dando el grito. Los siete u ocho hombres que se quedaron al cruzar de la calle estaban como aturdidos y luego les habló Ignacio:

"Lo que les tengo que decir no me toma un minuto. Llegué a casa y me los encontré en este estado ... Ustedes dirán que estoy loco por no haberlos matado pero no ... reconozco que nunca la colmé de atenciones y que si alguien tiene la culpa soy yo. Reconozco también que se quieren ... y que yo soy muy poca cosa para ella. Los dejo aquí con ustedes ... adiós."

This didn't take long to say and Rita was going to discuss it when she remembered her state ... She took off for her house passing Ignacio and with Moisés behind her. Rita arrived first and found the door locked; then she began running around with Moisés behind ...

Ignacio then disassembled the shotgun.

Suddenly, someone laughed, and the laughter became contagious. The men then crossed the street and made for Ignacio's, who was walking homeward slowly.

At one pont Moisés stopped and tried to stare down some of the onlookers, but they all laughed even more. In the meantime, Rita began screaming out and cursing (nothing original) until someone brought Moisés a pair of pants and a robe for Rita. Since the house was shut, a woman, maybe the one who brought the robe, took Rita home with her.

Moisés left the car right where it was and was taken home. The next day the people from Baxter's picked up the little red car. Moisés didn't show up for work on that day nor on the following. Finally, two weeks later, he moved away from Flora. Some said he'd gone to Bascom; others said he'd moved on to Jonesville.

Rita's case was no less serious: she spent three days in bed, until some relatives came from Ruffing; according to the family that took her in, they looked like good, decent folk.

Ignacio was not seen for a month; what could he be doing? Where could he have been? I myself couldn't say. Honest. After a month or so, he returned to Flora and opened up his house to air it out; if he burned or threw away Rita's clothes, I can't testify to that either. What I do know is that he went back to work at don Ceferino Barrientos' store. A week later, some Anglo came by, a deputy of the court he said, on account of shooting a firearm within the city limits, he said. But it seems that it got straightened out. The important thing is that there were no charges brought against Ignacio Loera.

Some Friday on payday, he asked permission to leave early and headed for Baxter's car lot.

Right! I think you got ahead of me there. He bought that little car, all right. Monche Dávila, the mechanic, he installed a used – but working – air conditioning unit in it.

The little car even had a radio in it and a heater too.

Esto no tomó nada en decirlo y Rita se iba a poner a discutir cuando se acordó de su estado ... Partió para la casa pasando a Ignacio y con Moisés tras ella. Rita llegó primero y encontró que la puerta estaba con llave; entonces empezó a correr alrededor con Moisés en zaga ...

Ignacio se fue andando solo, despacio, sin que nadie le pusiera atención.

De repente alguien se empezó a reír. A éste lo siguieron otros; luego cruzaron la calle y se fueron rumbo a la casa Ignacio.

Una vez Moisés se detuvo y quiso enfrentársele a alguien pero todos se rieron más. Mientras tanto, Rita empezó a gritar, echando unas maldiciones nada originales hasta que alguien le trajo a Moisés un par de pantalones y una bata a Rita. Como la casa estaba con aldaba, una mujer, quizá la de la bata, se llevó a Rita a casa para tratar de calmarla.

Moisés dejó el carro y se fue rumbo a su casa. El día siguiente los del garage vinieron por el mueble. Ese día no fue al trabajo ni el siguiente. Por fin, a las dos semanas, se mudó de Flora. Unos que a Bascom y según otros a Jonesville.

Lo de Rita fue no menos seria: estuvo en cama por tres días hasta que vinieron unos parientes de Ruffing que, según la familia que la recogió, parecían buenas gentes.

A Ignacio no se le vio por un mes; ¿qué haría? ¿en dónde andaría? no lo sé decir. Palabra. Al mes, volvió a Flora y abrió la casa para darle aire; si quemó o si tiró la ropa de Rita, tampoco lo sé. Lo que sí sé es que volvió a trabajar en la tienda de don Ceferino. A la semana vino un bolillo; un diputado de la corte por aquello de disparar un arma en el pueblo pero la cosa parece que se arregló bien. Lo importante es que no había cargos personales.

Un día de pago pidió permiso para salir temprano y se fue al lote de Baxter.

Bueno; creo que ustedes ya se me adelantaron: Sí, compró el carrito aquel. Monche Dávila, el mecánico, le puso un aparato de aire condicionado de segunda pero en buen estado.

El carrito venía con radio y llevaba jira para el tiempo de frío.

P. GALINDO IV

"Make way, make way! Listen to this: who do you think I just saw coming this way? Move over . . .! Dirty, give us a cold one, please! Come on, Cross Eyes, pass the salt. Who needs a beer? Everybody got one?"

"Who'd you see, Skinny?"

"Here goes: nobody else but Melitón Burnias and his son-in-law."

"Together?"

"Burnias?"

"The same . . . What d'you say to that?"

"And they're on their way here?"

"And together, you say?"

"Dirty, if they come in, serve them whatever they want; Cross Eyes, hand this ten spot to Dirty over there."

Sure enough, father and son-in-law came in talking and, from what could be observed, in good humor. The life of these two has not been a gentle one. It started off on the wrong foot, from the very first. (Everyone knows that Práxedes Cervera ran off with Burnias' oldest daughter and when they got back to Klail, the both of them threw Burnias out in the street.)

From there, Burnias went off to work for Martín Lalanda but this didn't last; on another occasion, many years ago, Burnias and the late Bruno Cano got involved in the search for hidden treasure. Bruno Cano died (by the way) of a heart attack during the dig; a myocardial infarct, they called it.

Later, Burnias did what a whole lot of people in Klail have done: he went to work at the Villalón's ranch; there's always work there and when there isn't, the Villalóns manage to feed and clothe whoever wants to give a hand at the goat ranch.

Year after year, Burnias would come and go to the Villalón place until don Celso Villalón—who paid the social security—advised him that he was already sixty-five years old and could receive his complete federal pension each month. Burnias wanted to know if that were the State's money and don Celso told him it wasn't: "That

P. Galindo IV

"¡Abran paso, abran paso! Oigan esto: ¿a quién creen que acabo de ver? Háganse más allá . . . ¡Chorreao, una helada, por favor! A ver, Turnio, pásame la sal. ¿A quién le falta una? ¿Servidos todos?"
"¿A quién viste, Flaco?"
"Ahí va: nada menos que a Melitón Burnias y a su yerno."
"¿Juntos?"
"¿Burnias?"
"El mismo . . . ¿qué me dicen?"
"¿Y que vienen para acá?"
"¿Y juntos, dices?"
"Chorreao, si entran, les sirves lo que pidan; Turnio, pásale este billete al Chorreao."

En efecto, suegro y yerno entran hablando y, por lo visto, vienen de buen humor. La vida de éstos no ha sido apacible, que digamos. Empezó mal. Todo mundo sabe que Práxedes se robó a la hija mayor de Burnias y que cuando volvieron a Klail, entre los dos echaron a Burnias a la calle.

De ahí, Burnias se fue a trabajar con Martín Lalanda pero no duró; en otra ocasión, años ya, Burnias y el difunto Bruno Cano le entraron duro en la búsqueda de relaciones. Lo que pasó aquí fue que Bruno Cano murió de un berrinche que pegó en el solar de la tía Panchita.

Después, Burnias hizo lo que muchos en Klail: se fue al rancho de los Villalón a trabajar; allí casi siempre hay trabajo y aunque no lo haya, los Villalón como quiera que sea le dan de comer al que quiera dar una mano con las cabras.

Esto se hizo rutina. Año tras año, Burnias iba y venía de los Villalón hasta que don Celso—pagando el seguro social—le avisó que como ya tenía sesenta y cinco años de edad podía recibir su pensión federal por completo y cada mes. Burnias quería saber si eso era 'el centavo del estado,' y don Celso le dijo que no: "Ese dinero

money is yours, Melitón. The government owes it to you and is obligated to give it to you each month."

"Each month?"

"Each month ... until you die."

"And after I die, don Celso?"

"After you die, to your wife but you're widowed, right? It doesn't matter, the government'll also pay a good part of your burial.

"And what I don't spend?"

"Yours. That's your money, Melitón."

"Really? I'll be ..."

Burnias wanted to know how the American government knew about him and his person and address. At this point, don Celso explained to him as best he could but with no great detail so as not to confuse Melitón; finally, one of don Celso's daughters went to Klail with Melitón to fill out some forms, and two months later the first check came.

Within six months, Melitón wore home-pressed clothes. And he'd shave four or five times a week. Later on, one of don Celso's daughters opened a savings account for him at the Klail First just before Jehú got a job there.

Melitón didn't question the monthly check, but it remained a complete surprise to him. But, as in everything, he got used to it without worrying too much about it.

At the end of the first year, he showed up at Otila and Práxedes's house; the three came to an agreement, and he started having dinner with them every Sunday. On Mondays, Melitón (an early riser) would be waiting for the bus to Relámpago; from there, he'd walk all the way to don Celso's goat ranch, by the Río.

Melitón Burnias had never in his life bought a beer for a friend; he liked beer and when he ran out of money, he'd pack up and leave. Nor did he drink to excess. "That's the worse vice," he'd say. He wasn't stingy either; he didn't treat anyone because he didn't have the money. Simple as that.

That day, though, was his treat; Burnias was going to pay for one or two rounds or as many as those at the *Aquí me quedo* Bar could stand. He was "buying"—as they say—for the first time in his life; Cervera, his son-in-law, was a nondrinker, and it could well be that the *Aquí me quedo* was the first bar he'd ever seen.

es tuyo, Melitón. El gobierno te lo debe y está obligado a dártelo cada mes."

"¿Cada mes?"

"Cada mes ... hasta que te mueras."

"¿Y después de muerto, don Celso?"

"Después de muerto a tu mujer pero tú eres viudo ... no importa, te pagan buena parte para el entierro también."

"¿Y lo que no gasto?"

"Tuyo. Ese dinero es tuyo, Melitón."

"¿Jí? P's mira, h'mbre."

Burnias quería saber que cómo supo el gobierno americano de él y de su persona y dirección. Aquí don Celso le explicó lo mejor que pudo pero no tanto como para confundir a Melitón; al fin, una de las hijas de don Celso fue a Klail con Melitón y a los dos meses cayó el primer cheque.

A los seis meses, Melitón se veía más planchadito que mandado a hacer. Se rasuraba cuatro o cinco veces por semana y otra de las chicas de don Celso le hizo una cuenta de ahorros en el Klail First poco antes de que Jehú se colocara allí.

Melitón todavía no entendía todo muy bien y cada cheque mensual que le caía le era tanta sorpresa como el primero; pero, como en todo, se adaptó sin pensar en ello.

Al fin del primer año se les presentó a Otila y a Práxedes; los tres hicieron las paces y ahí comía con ellos cada domingo. Los lunes, casi al amanecer, Melitón estaba esperando el autobús que iba a Relámpago; de ahí se iba a pie hasta el rancho de don Celso que, sabido es, queda rumbo al río.

Melitón Burnias, en su vida, jamás había comprado cerveza a sus amigos; le gustaba la cerveza y cuando se le acababa el dinero se marchaba. No tomaba de corba ni de sobras. "Ese vicio es el peor," decía. Tampoco era tacaño; no disparaba por no tener con qué; eso era todo.

Este día, aunque nadie lo sospechaba, era el suyo; este día, Burnias iba a pagar un *round* o dos o lo que aguantaran los del *Aquí me quedo*. Andaba *compracho* por la primera vez en su vida; Cervera, el yerno, no tomaba y bien podía ser que el *Aquí me quedo* fuera la primera cantina que conociera por dentro.

Once in, Lucas Barrón, Dirty, went to where they stood at the curve of the bar.

"How're things, Melitón? Práxedes?"
"So-so, Dirty, you?"
"O.K. Good to see you around here. So, what'll you have?"
Práxedes: "You serve soft drinks in here?"
"Of course; orange?"
"Orange."
"What about you, Melitón? Pearl?"
"Yes, but first I want to ask Skinny and his friends over there what they'd like to drink."

That was unique. Yells, whistles, good for you's, followed by some more yelling. No mockery intended, of course; it was pure joy.

"There's no one like my Burnias, goddam it!"
"How about that ..."
"Say it again, Burnias."

Burnias smiled some and cleared his throat: "Come on, Dirty, let's have a round for the boys—a round of whatever they want."

Again the hurrahs, but, as said, without the mocking; it was all sheer joy. Práxedes, a good man but a bit too serious, couldn't understand what was going on. In fifteen years of married life he'd never seen his father-in-law so sure of himself. To tell the truth, he hadn't seen much of him close up until they saw him in his own house that first Sunday last year. As far as Práxedes was concerned, Burnias continued being a mystery so he still didn't have the slightest idea what the celebration and the yelling was all about. Práxedes wasn't a bad sort. The type who goes from his house to work and back home again, from sunrise to sunset. This time, though, he came along with his father-in-law because Melitón had told him that he required his company that Saturday afternoon.

Beers were served over and over; some of the drinkers left, others came, and Burnias would raise his index finger and whoever it was that came in got served. This went on for some three hours and finally Burnias waved a good-bye. I tried to explain to Práxedes what all this meant to his father-in-law, but without success. To tell the

Entraron.

Lucas Barrón, el Chorreao, se fue a donde estaban los dos en la curva de la barra.

"¿Qué tal, Melitón? ¿Práxedes?"

"Aynomás, Chorreao, tú?"

"Regular. Me da gusto verlos por aquí. ¿A ver, qué toman?"

Práxedes: "¿Venden sodas?"

"Cómo no; ¿naranja?"

"Naranja."

"¿Y tú, Melitón? ¿Perla todavía?"

"Sí, pero primero quiero preguntarle a Flaco y a sus amigos que qué desean tomar."

Aquello fue único. Gritos, chiflidos, bien hayas, y más gritos. Aquello no tenía ni pinta ni facha de choteo; aquello era gusto por el prójimo.

"¡Bien haya mi Burnias, chingao!"

"No que no . . ."

"Dígalo otra vez, Burnias."

Burnias sonrió y luego carraspeó: "A ver, Chorreao; sírvanle un *round* a los muchachos . . . un *round* de lo que quieran."

Otra vez las voces como chachalacas pero, como se dijo, nada de burla; aquello era puro gusto. De todo esto Práxedes, buenote y serio, no entendía ni jota. En los quince años de casado nunca había visto a su suegro sonreír y tan seguro de sí mismo. A decir verdad, tampoco lo había visto mucho de cerca hasta que lo recibieron en su propia casa aquel primer domingo del año pasado. Para él, Burnias seguía siéndole un misterio y así no tenía la menor idea de la celebración y gritería. Mal hombre no lo era el Práxedes. Era de esa gente que de su casa al trabajo y a su casa nuevamente de sol a sol. Esta vez acompañaba al suegro porque Melitón le dijo que quería su compañía ese sábado por la tarde.

Se sirvieron las cervezas una y otra vez; unos salían y otros entraban y Burnias levantaba el dedo índice y al que entraba se le servía. La cosa duró tres horas y Burnias se despidió; yo traté de explicarle a Práxedes lo que ésto significaba para su suegro, pero

truth, I think that Práxedes never did understand what I was talking about.

The bill didn't even come to twenty-five dollars tops, but that wasn't the point; that same afternoon Burnias stopped drinking altogether and, later on, the few times he dropped by at the *Aquí me quedo*, he'd have a soft drink; sometimes two.

That was Burnias' one and only "buy" and, truthfully, no one wanted a repeat; it wouldn't have been the same; the spontaneity would have been missing, and that's what it was all about: to make the grand gesture for the gesture and pleasure of making it.

The best part of it all was that no one ever mentioned the event again; Burnias' generosity was taken as the most natural thing; the making no allusion to it, above all else, was the special flavor Burnias got from it. For Práxedes, this made just another bead in the mysteries of Burnias' rosary.

Three years after that Saturday afternoon's general treat, Burnias died quietly in his little room at don Celso's ranch.

Romeo Hinojosa, the attorney, sent for me: in his will, Burnias had set aside fifty dollars for a celebration at the *Aquí me quedo* on the first anniversary of his death.

According to the attorney, a codicil to his will instructed that Práxedes Cervera be invited and be served all the soft drinks he would want during the celebration. (The man drank down seventeen of them.)

That day, I stood at the bar's curve; this time, I was the one who'd raise the index finger and beer would be served to the chosen one.

Dirty paid some of it out of his own pocket; as Dirty said, "Either things are done right or not at all."

When it was announced that it was fifteen minutes till time, Martín Lalanda, known as "Bachimba's cannon" because he'd never gone for a round, broke down by treating everyone to a drink.

After this, home.

The gesture is what counts ultimately. Anything else is a sham, or worse.

ni modo. Es más, hasta la fecha todavía creo que Práxedes nunca me entendió.

La cuenta no llegó a los veinticinco dólares pero eso era lo de menos; esa misma tarde Burnias dejó la tomada y las pocas veces que se asomaba en el *Aquí me quedó* se tomaba una soda; a veces dos.

Aquello no se volvió a repetir y, en verdad, nadie quería que se repitiese; no podría haber sido lo mismo, hubiera perdido la espontaneidad y de eso se trataba: haber hecho el rasgo por la mera razón y el gusto de hacerlo.

Lo mejor del caso fue que tampoco se volvió a hablar del suceso; el bombardeo de Burnias se tomó como lo más natural; el no aludir a éllo, sobre todas las cosas, era el sabor especial que le sacaba Burnias. Para Práxedes esto hubiera sido solamente otra cuenta en los misterios de Burnias.

Tres años después de disparar parejo aquel sábado por la tarde, Burnias se murió apaciblemente en su cuartito en el rancho de don Celso.

A mí me mandó llamar Romeo Hinojosa: que Burnias había separado cincuenta dólares en su testamento para una celebración en el *Aquí me quedo* al primer aniversario de su muerte.

Según el licenciado, un codicilio señalaba que se invitara a Práxedes Cervera y que le pusiéramos todas las sodas que quisiera durante la celebración. Se tomó diecisiete.

Ese día me puse en la curva de la barra; esta vez yo levantaba el dedo índice y la cerveza se le servía al señalado.

El Chorreao gastó parte de su propio dinero por aquello de que 'o la cosa se hace bien o no se hace.'

Cuando se anunció que faltaban quince minutos para el cierre, Martín Lalanda al que decían "El cañón de Bachimba" porque nunca disparaba, se dejó caer con un *round* para todos.

Después de esto, a casa.

El rasgo, como siempre, es lo que importa; lo demás son pantomimas.

P. GALINDO V

It's not a matter of life and death, but Fira the blonde just got married. And so, let this act be known to all.

Certain pleasure is derived by the present writer from the fact that the blonde (now Ofira Luján wife of Castro) is looking very good; the blonde née Luján Bowen because of her soldier father, has also gained some weight. (It's already been stated that there's no need to get sentimental about it. Let's be clear on this: sentiment is also different from effusive gushiness which some people package for the purpose of selling to all and sundry; what counts, as everybody knows, is sentiment, not sentimentality.)

The blonde now lives in a substantial brick house near Relám- pago; she married one of the Castros who lives right by the Río, as one goes to Jonesville. You all must surely know them: in the Castro family, everyone, male or female, is redheaded, and there are a number of them. I don't know them all; I only know three besides the blonde's husband, whose name is Elías and who must be as good and as soft as pound cake.

Elías is older than either Rafe or Jehú; the blonde herself must be at least a couple of years older than her lord and master.

People, we're no longer talking about mushiness nor anything like it, people are romantic without being aware of it and they say that Fira "did O.K." and that "it's not unusual for *her kind* to turn out to be good wives." People, God's truth, are weak-minded, weak- bodied, and tend to clothe themselves in used ideas and underwear.

As we were saying, people are deadly romantics, and so much so that one shouldn't listen to them. Period. Everyone in the world knows that people are not inclined to call things by their names. Instead of *whore* (Tan-ta-rá) they prefer to say (Ready!) "streetwalker," "her kind," "lady of the evening" or "hooker." To put it plainly, (Aim!) there's no reason to take people seriously. (Fire!)

WRAP THAT BUGLE AND PICK UP THE CORPSE.

"What? No coup de grace?"

P. Galindo V

No es como para darse un tiro, pero la güera Fira se ha casado. Y bien, para que sepan. Al que esto escribe, le da cierto gusto que la güera, ahora Ofira Luján esp. de Castro, se vea bien; la güera, antes Luján Bowen, por lo del padre soldado, también ha aumentado un poco de peso. Ya se ha dicho que no hay por qué ponerse sentimental. (Para aclarar: lo sentimental no es lo mismo que el sentimentalismo que unos embotellan por allí para vender; lo preferible, sabido es, es el sentimiento. Lo sentimental viene siendo el término medio.)

La güera ahora vive en una casa de ladrillos, cerca de Relámpago; se casó con uno de esos Castro que viven juntito al río, como quien va a Jonesville. Ustedes los deben conocer: en esa casa todos tienen pelo colorado y son un bolón de hermanos. No conozco a todos, sólo sé de tres amén del esposo de la güera que se llama Elías y que deber ser más bueno que el pan, tipo mollete.

Elías es todavía mayor que Rafa y Jehú; la güera le lleva a su señor en un par de años; mínimum.

La gente, ya no hablamos de sentimentalismo ni nada, la gente es romántica sin saberlo y dice que a la Fira: 'le fue bien;' y que 'no es raro que *mujeres de su clase* salgan buenas después de casadas.' La gente, digámoslo ya, suele salir por debajo de la mesa y usar calzoncillos y pantaletas con pecas.

Como se decía, la gente es muy romántica y tanto que hay que prestarle poca atención. La gente, sabido es, tampoco es partidaria de llamar las cosas por su nombre. En vez de *puta* (¡Clarín!) prefieren decir (¡Atención!) 'mujer de la calle,' 'de su clase,' 'de la vida,' o 'de plancha.' Ya saben (¡Apunten!) no hay para qué tomar a la gente a pecho. (¡Fuego!)

FORREN EL CLARIN Y RECOJAN EL CUERPO.

"¿Qué? ¿No hay tiro de gracia?"

No big deal: when people heard that Fira the blonde was marrying the widowed Elías, people began to talk (quietly because the redheads are many and mean).

So? Nothing happened. The Castros (and all of Elías' sisters-in-law) presented a common front and people, paper-asses that they are, farted inwardly. Quite a trick, but I don't know if I made myself clear or not.

A month later, a ranch-style wedding and done and done.

People, either by inertia or heredity, also tend to be absent-minded and of short memory; this is of no concern to the Castro family. Besides, Elías is happy and, if possible, Fira the blonde is even happier.

Speaking in national currency, when the blonde got married, there were many shrunken navels, lots of dried up and unnurtured wombs here in Klail. That, too, matters little to the redheads.

La cosa no es para tanto: cuando la gente oyó que la güera Fira se casaba con el viudo Elías, empezó a hablar (quedo porque los colorados son muchos y fornidos.)

No; no hubo nada. Los Castro y todas las cuñadas de Elías presentaron un frente común y la gente culo de papel se peyó pa' dentro. No sé si me explico.

Al mes, boda de rancho y lo dicho.

La gente, por inercia y herencia, también suele ser olvidadiza y de corta memoria; a los Castro, esto los tiene sin cuidado. Es más, Elías está contento y la güera Fira, si acaso es posible, aun más.

Hablando en plata nacional, cuando se casó la güera, aquí en Klail hubo mucho ombligo encogido, mucho útero seco y desnutrido. A los colorados eso también les tendrá sin cuidado.

P. Galindo VI

Upon Rafe Buenrostro's return from Korea, among the first people he went to visit was don Celso Villalón, Charlie-Charlie's dad. As you know, Charlie died—along with three thousand other men of the Second (Indian Head) Division—during the retreat and defeat at the hands of the Chinese in the months of November and December, the first six months of the war. (Pepito Vielma died the following year.)

Now, years later, don Celso looks well; older, as can be expected, but clear-headed. When he lights his cigar, he still uses the lighter that Rafe brought him from Japan; the *Salem* label faded away years ago.

Else, one of his daughters, also died; the two left, Ana and Zulema, married the Zavala boys, Cato and Ephraim; they all live and work on the Villalón goat ranch.

The Villalóns have always had goats on that land; the estate is among the largest and also the poorest in the Valley. What the Villalóns did was to adjust: to keep from butting their heads against the wall, they became goatherds. It's no secret that the Valley had always been goat land and had been so when Escandón brought the first settlers. Then, because the Río didn't have enough water for everybody, the Mexican-Americans started the well irrigation system. The ox bow lakes—resacas—are used as water tanks, and that's how the Valley, for the most part, has become as fertile as it is.

Later, when the Anglos came, they imposed the laws and adopted the irrigation systems: To this day, the state courts don't know what to do with so many water district suits, but that's another matter.

The Villalón land has been theirs since the time of Escandón himself; it's also a coincidence that, in all the Valley, there is only one hill, and it's there, on the Villalón ranch.

Every Texas mexicano knows he can always find work there. In addition to the Zavala sons-in-law, there are some permanent as well as transient employees. For example, when someone from Klail

P. Galindo VI

Recién vuelto Rafa Buenrostro de Corea, una de las primeras personas que fue a visitar fue a don Celso Villalón, el padre de Chale-Chalillo. Como se sabe, Chale murió con otros tres mil hombres en la División Segunda (Indian Head) durante la retirada y refriega que les dieron los chinos en los meses de noviembre y diciembre en los primeros seis meses de la guerra. (Pepito Vielma vino a morir el año siguiente.)

Ahora, años más tarde, don Celso se ve bien; más viejo, como cabría de esperar, pero alerta todavía. Cuando prende su puro, usa todavía el encendedor que le trajo Rafa desde Japón; la insignia *Salem* hace mucho que se borró.

Una hija, Else, también se le murió; las que quedan, Ana y Zulema, se casaron con los Zavala, Cato y Efraín; todos viven y trabajan en el mismo rancho.

Los Villalón siempre han tenido cabras en esas tierras; son, las tierras, entre las más extensas y también las más pobres en el Valle. Lo que los Villalón hicieron fue ajustarse: para no darse golpes contra la pared, se hicieron cabreros. No es ningún secreto que el Valle siempre fue tierra de cabras y lo era ya cuando Escandón se trajo a los primeros colonos. Luego, porque el Río no tenía agua para todos, la raza empezó el sistema de norias para regar. Las resacas servían, sirvieron y sirven como tanques de agua y de ahí que el Valle, en gran parte, se convirtiera en lo que es.

Después vinieron los bolillos y ellos impusieron las leyes y sus sistemas de regar: hasta la fecha las cortes estatales no hallan qué hacer con tanto pleito entre ellos mismos pero esto ya es otro asunto.

La tierra de los Villalón ha sido de ellos desde los tiempos del mismo Escandón; también es casualidad que allí sea donde haya algo que semeje una loma en todo el Valle.

Allí, ya es fama, siempre hay trabajo; no falta qué. Además de los yernos, tiene trabajadores fijos y otros que vienen y van. Cuan-

drops by, he's welcome to stay without setting down any kind of date or reason; those who work are fed and those who don't are too. That's all that needs to be said about don Celso Villalón.

do alguien de Klail, por ejemplo, cae por allí, se le recibe y sin fijar
fecha o razón y al que trabaja se le da de comer y al que no también.
Esto es todo lo que se tiene que decir de don Celso Villalón.

P. Galindo VII

About the Vielmas: About don Prudencio, about doña Genoveva Holguín de Vielma, about Ángela, about the twins Buenaventura and Pepe who was always called José Augusto at home.

Let's take it by steps here. Ángela, at some sixteen years of age, a sophomore in high school, announced that "all that" was a pile of shit; the announcement was made while the soup was being served.

"I suppose you're talking about school again . . . What do you want to do?" doña Genoveva asked her.

"I don't know, Ma; but what they call school here in Klail is garbage."

Don Prudencio: "You said it was a pile of shit, Ángela."

"It's both, Pa; it's both."

Don Prudencio: "And how old are you, Ángela?"

"Sixteen; close to seventeen."

Don Prudencio: "This country has some laws regarding school attendance, doesn't it?"

During all this, doña Genoveva was having her soup and the twins, not saying a word, looked at each other not missing a thing.

"Yes; attendance is required up to sixteen years, but even that's drivel."

Don Prudencio: "All three things, Ángela? Garbage, pile of shit and drivel? In what order, Ángela?"

Rafe Buenrostro tells that here everyone laughed and then don Prudencio said, "Boys, to the kitchen." The twins rose to help doña Genoveva with the next dish while Ángela picked up the soup bowls. Rafe helped don Prudencio open the four windows from east to west. The dishes were served and, as usual, dinner was in silence.

Don Prudencio, a school teacher in Barrones, Tamaulipas, crossed the river twice a week (by way of the bridge) to work as editor for the Spanish section in the *Jonesville Daily Herald*. A year later, he married doña Genoveva and they moved from Barrones to Klail City.

Doña Genoveva was an Holguín on both her mother's and father's sides; her maternal grandmother, a woman whose name was Dulces nombres de Jesús, had become widowed by one of the Buenrostros

P. Galindo VII

Se trata de los Vielma: de don Prudencio, de doña Genoveva Holguín de Vielma, de Ángela, de los gemelos Buenaventura y Pepe a quien en casa siempre llamaban José Augusto.

Vámonos por partes. Ángela, contando con dieciseis años y cursando el décimo en la secundaria, anunció un día que 'aquello' era una pendejada; el anuncio se hizo mientras se servía el caldo.

"Supongo que hablas de la escuela otra vez . . . ¿qué piensas hacer?" le preguntó doña Genoveva.

"No sé, Amá; pero 'aquello' que llaman 'escuela' aquí en Klail es una porquería."

Don Prudencio: "Dijiste que era una pendejada, Ángela."

"Las dos cosas, Papá; las dos cosas."

Don Prudencio: "¿Y cuántos años tienes, Ángela?"

"Dieciséis; ando en los diecisiete."

Don Prudencio: "Este país tiene leyes sobre el caso, ¿no?"

Durante todo esto, doña Genoveva tomaba su caldo y los cuates, sin chistear, se veían el uno al otro pero sin perder el hilo.

"Sí; se requiere que sea mandatorio asistir hasta los dieciseis— pero aquello es una babosada."

Don Prudencio: "¿Las tres cosas, Ángela? ¿Porquería, pendejada, y babosada?" ¿Y en cuál orden, Ángela?"

Cuenta Rafa Buenrostro que con esto todos se rieron y luego don Prudencio dijo: "Muchachos, a la cocina." Los cuates se levantaron a ayudarle a doña Genoveva con los nuevos platos mientras Ángela recogía los del caldo. Rafa le ayudó a don Prudencio a abrir las cuatro ventanas de este a oeste. Se sirvieron los platos y, como de costumbre, la cena fue en silencio.

Don Prudencio, profesor de escuelas en Barrones, Tamaulipas, cruzó el río (por el puente) para trabajar como redactor de la sección de español en el *Jonesville Daily Herald*. Al año se casó con doña Genoveva y se mudaron a Klail de donde don Prudencio iba y venía de su trabajo.

Doña Genoveva era Holguín de padre y madre; su abuela materna, una señora que se llamaba Dulcesnombres de Jesús, había en-

from Bascom first and later had married don Higinio Holguín, "Lightning Rod." Don Higinio was a tall and slender man inclined towards politics who'd been bald since age fifteen when lightning struck him as he stood atop the Villalón's hillock.

In that orderly and clean house, the Vielma home, everything was in its place: if a book was used for reading or browsing, it was returned to its place when no longer needed; also, all, father, mother, daughter and twins, were responsible for the housekeeping of their home. Whatever it might entail. There, as has been stated, everyone lent a hand and the twins were the first to do so: as soon as they finished their work, be it house or school work, (and no sloppiness in one nor botching up in the other) they were permitted to read whatever they wanted to. (I think I should point this out: whatever).

I can attest to the fact that don Prudencio, Spanish-English dictionary in hand, taught himself to read in English; later, when I worked with him, I saw that he learned to write in English using an American grammar. His signature was very clear and his handwriting, plain, free from curlicues; don Prudencio's speech was the same.

At that home, the following was the standard:

Doña Genoveva, a strong woman, would read aloud to her husband while he, in bed, would make pro or con comments on what was being read; Ángela, book in hand, or the twins themselves, also book in hand, would drop by their parents' room to ask questions to one or the other. Once the question was answered, doña Genoveva would return to her reading and peace reigned until the next question. Then, an hour before dinner, everyone went to the kitchen and each one to his domestic chore for that day.

(By the way, I learned to type at that house. Rafe too, and he says that typing, in a way, helped his spelling in English.)

Compulsive, though not impulsive, Ángela finished that school year getting mostly A's and A+'s. Par for her, but not for many — Mexican-American or Anglo. At the end of that school year, and without a word, she cleaned out her school desk; she claimed her money for the padlock upon submitting her receipt and from there, to the American pharmacy where she got change for the two dollar deposit. She spent the money on six phone calls and that's how she got an interview to be a typist for an Anglo attorney.

viudado de un Buenrostro de los de Bascom para luego casarse con don Higinio Holguín "Para Rayos." Este fue un señor alto y delgado, muy dado a la política, que se había quedado calvo a los quince años cuando le pegó un rayo en la loma de los Villalón.

En aquella casa de orden y limpieza, todo estaba en su lugar: si se usaba un libro para leer o para meramente revisar, se le volvía a su lugar cuando ya no se necesitaba; también, todos, padre, madre, hija, y cuates, eran responsables por el aseo de toda la casa. En lo que fuera. Allí, como se ha dicho, todos daban la mano y los cuates los primeros: así que acababan la tarea, de casa o de escuela (y no se admitía ramplonería en una ni chambonismo en la otra) podían leer lo que quisieran. (Creo que debo apuntar eso: lo que quisieran.)

De mi propia cuenta yo sé que don Prudencio, con diccionario de español-inglés en mano, se enseñó a leer inglés; luego, cuando trabajé con él vi que se enseñó a escribir en inglés usando una gramática americana. La firma era muy clara y su letra llana exenta de rococó; el habla de don Prudencio era igual.

En esa casa, lo siguiente era lo común:

Doña Genoveva, mujer fuerte, leía en voz alta a su marido mientras éste, en cama, hacía comentarios en pro o en contra de lo leído; Ángela, libro en mano, o los mismos cuates, también libro en mano, pasaban por el cuarto de los padres a hacerles preguntas a uno o al otro. Pregunta contestada, doña Genoveva volvía a la lectura y en paz hasta la siguiente. Luego, una hora antes de la cena, todos a la cocina y cada quién a la tarea doméstica del día.

(De paso, en esa casa aprendí a escribir a máquina. Rafa también y cuenta que eso, de una manera, le ayudó a deletrear en inglés.)

Compulsiva que no impulsiva, Ángela acabó ese año escolar llevándose notas entre excelentes y sobresalientes. De ahí lo que pocas, quizá nadie, raza o bolillada: Sin alarde alguno limpió su escritorio escolar, cobró su dinero por el candado al entregar el recibo y de ahí a la farmacia americana donde consiguió cambio. Gastó su dinero en seis llamadas y así consiguió entrevista con un bolillo que llevaba un año o dos como abogado.

From the interview to the job; from the job, home; from then on, to work everyday. Later, and it's no secret, she became a notary; she took a test (Here's Ángela: What a crock!) and she got her high school G.E.D. After this, and with "Lightning Rod's" help, she got involved in local politics. Her plan soon became obvious: to become an attorney and thus independent. Then came six or seven years of study up in Austin; upon returning home, still single and good-looking she became her ex-employer's partner and still is.

(During all this, Pepe dies in Korea, Buenaventura studies architecture.)

Ángela's spinsterhood caused some talk but, in Klail, the person has yet to arrive, either by car or on foot, who dares to bring it up to her. People talk and gossip; true, but cowardice according to Jehú, has little to do with discretion.

Let it be known that Ángela's story is not a fairy tale. She's not yet forty, and one has to admit that special ovaries are needed to do what that woman did; one has to admit also that she's got good blood. On to something else.

Buenaventura and Pepe were not identical twins; unlike the Delgado twins, the Vielmas didn't look alike. What they were, indeed, was sharp and in *that* they *were* alike. Two years after that dinner of Ángela's announcement, the twins, almost eight years old, stated that they were not going back to school.

They were eating their soup and if any talking was to be done, that was the time. (Remember that dinner was eaten in silence and in peace.) Dessert, almost always an orange from the orchard, was enjoyed outside on the porch.

Don Prudencio: "Let's see, which one of you is going to speak?"

Buenaventura: "If I speak, it's for myself."

Don Prudencio: "José Augusto?"

Pepe: "Let him speak first."

Ventura explained that one didn't study algebra or geometry until high school in Klail. That he and José Augusto were already attacking trigonometry problems at home on their own. With regard to the courses in reading, they could take them at home.

Pepe, no less aggressive, stated he was bored at school.

That was different, and very much so, from Ángela's case; she was closing in on seventeen when she had decided to leave that "pile of shit."

De la entrevista al empleo y del empleo a la casa; de ahí a trabajar todos los días. Luego, como ya se sabe, se hizo notaria, tomó un examen (Ángela: ¡mugre apestosa!) y recibió su título de secundaria. Después de esto, al fin con sangre del "Para Rayos," le entró a la política local. El plan por fin se dio a vista: hacerse abogada e independiente. Seis o siete años más de joda constante en Austin; al volver solterona y de buen ver, se hace socia de su ex-empleado y hasta la fecha.

(Entre todo esto, Pepe muere en Corea, Buenaventura estudia para arquitecto.)

Lo de no casarse dio por hablar pero en Klail no ha llegado la persona en carro o a pie que se lo eche en cara. La gente habla y murmura por hablar y murmurar: lo caguías y ojete, según Jehú, tienen poco que ver con la discreción.

Sépase que lo de Ángela no es cuento de hadas. Todavía no llega a los cuarenta y debe reconocerse que se necesitan ovarios para hacer lo que hizo esa mujer; también hay que reconocer que tiene buena sangre. A otra cosa.

Buenaventura y Pepe no eran gemelos idénticos; eran como los Delgado que tampoco se parecen. Lo que sí eran era que en vivaracho sí se parecían. A los dos años de aquella cena del anuncio de Ángela, los cuates, casi contando con los ocho años, dijeron que ellos no volvían a la escuela.

Estaban en el plato de caldo y si se iba a hablar, allí era su lugar. Durante la cena, ya se sabe, se comía en silencio y en paz. Lo del postre, casi siempre una naranja del naranjal, se disfrutaba afuera en el corredor.

Don Prudencio: "A ver, ¿cuál de los dos va a hablar?"

Buenaventura: "Si hablo, hablo por mí."

Don Prudencio: "¿José Augusto?"

Pepe: "Que hable él primero."

Ventura explicó que, según cuentas, el álgebra y la geometría no se estudiaban en Klail hasta la escuela superior. Que él y José Augusto ya atacaban el campo de trigonometría en casa de por sí. Por lo que tocaba a los cursos de lectura, ésos los hacían en casa.

Pepe, no menos entrón, dijo que se aburría en la escuela.

Aquello era distinto, y muy, a lo de Angela; ésta tenía dieciséis años cuando decidió dejar 'aquella pendejada.'

This was com-plete-ly dif-fer-ent as don Prudencio would say.

Don Prudencio: "I don't know what to say. Genoveva?"

Doña Genoveva: "No doubt these boys have already discussed it between themselves; now we have to see just how much they have thought it over. Ángela?"

Ángela: "I agree with Papa."

Doña Genoveva: "Just how, Ángela?"

Ángela: "In that this is unprovided for and more time is needed to think it over."

Don Prudencio: "Right. Time is needed and dinner is ready. To the kitchen."

As usual, Rafe helped don Prudencio open the windows, and he tells me that Don Prudencio said: "You are two inches taller than mine. How old are you now?"

"Almost eight."

"And you'll be eight in October, too."

"No, sir; in January."

"Aha! How about that? Genoveva's birthday is in January and mine is in May:

> Great Captain Pedro Pelayo
> Plucking a flower of May
> To his troops he held forth one day:
> Family, Honor, Bravery . . .

Do you know those verses, Rafe?"

"No, sir."

"No need to; they're loaded with 'fillers,' even though in this case, they state certain truths; I mean, what I quoted is badly written but they're not wanting for feeling . . . Here come the Vielma troops: Family, Honor, Bravery . . . Well, let's have dinner and silence."

The twins, their parents' sons, had chosen the week before their birthday to state what they had to say: next May they would get their grades from spring and their parents later would have all summer to find a solution, since there's always a solution: good or bad, there's always a solution.

What kept the Vielma twins from being unpleasant or disliked was that the seriousness at home belonged and stayed there. Out-

Esto era com—ple—ta—men—te dis—tin—to, como decía don Prudencio.

Don Prudencio: "No sé qué decir. ¿Genoveva?"

Doña Genoveva: "Seguramente estos muchachos ya lo habrán discutido entre sí; ahora tenemos que ver cuánto lo han pensado. ¿Ángela?"

Ángela: "Estoy con papá."

Doña Genoveva: "¿En qué sentido, Ángela?"

Ángela: "En que esto es desprovisto y se necesita más tiempo para pensarlo."

Don Prudencio: "En efecto. Se necesita tiempo y la comida ya está lista. A la cocina."

Como de costumbre, Rafa le ayudó a don Prudencio a abrir las ventanas y dice que don Prudencio le dijo: "Tú les sacas dos pulgadas a los míos. ¿Cuántos años tienes ya?"

"Los ocho casi."

"¿Y los cumples ahora en octubre también?"

"No, señor; en enero."

"¿Ajá? Mira, tú, Genoveva es de enero; yo soy de mayo:

El gran capitán Pedro Pelayo
Deshojando flor del mes de mayo
Arengó a su tropa un día:
Familia, Honor, Valentía ...

¿conoces esos versos, Rafa?"

"No, señor."

"Ni falta; están llenos de ripios aunque, en este caso, dicen ciertas verdades; digo, está mal escrito lo que cité pero que no por eso le falta sentimiento ... Ya viene la tropa Vielma: Familia, Honor, Valentía ... Bueno, a cenar y a callar."

Los cuates, hijos de sus padres, habían escogido la semana antes de su cumpleaños para decir lo que tenían que decir: el mayo venidero recibirían las notas de primavera y sus padres después tendrían todo el verano para hallar una solución que siempre las hay; buenas o malas, pero las hay.

Lo que salvaba a los cuates Vielma de que fueran de sangre pesada o de que cayeran mal, era que la seriedad en casa era de y se quedaba

side, they played a different tune (totally different) in their dealings with friends their own age. It was something to see.

en casa. Afuera, la música era muy distinta (completamente distinta) en el trato con los amigazos de su edad. Era de verse.

P. Galindo VIII

A doe, two, three, four, five, six; they're on the other side of the fence on the Vilches-Campoy's land. Not the stag, though; he's on this side of the fence; on what's left of Rafe Buenrostro's land. Suddenly: a noise, the animals are frightened; the place is empty . . . Several seconds go by and then Esteban Echevarría's footsteps can be heard.

The man has decided to die — he knows — and he's stopped taking the medicine prescribed for him. He's given up; he took the lemonade that Rafe Buenrostro gave him only because Rafe asked him to; otherwise . . . Be that as it may, there is nothing else to be said. Everything is in order, he is ready to leave and to take that final step . . .

Echevarría heads for the mesquite tree his father planted in his honor the day he was born way back during the last third of the nineteenth century; right after the war the Americans had between themselves. This isn't the oldest mesquite on this land which they were given during Escandón's land grant period, nor is Echevarría a member of the Four Families who managed to take part, though not much, in that enterprise.

Echevarría does not need to belong to the Four Families, he has survived everyone from his generation and now he is the only one who still remembers how the Valley used to be. How the Valley had been and how it used to be before the Anglos came in herds, before the army, the state government and its rangers, all the bureaucratic paper-work and "all the excesses that swept away lands and families; along with personal generosity and the honor of having been whom we'd been . . ." Yes; he's planning to die. He'll die in two, three days, no more than that.

Echevarría sits down. His shirt, khaki-colored and starched, buttoned-up at the wrists and collar, fits him well thanks to the deft hands of Lucía Monroy, who, in spite of her sixty-plus years, Esteban still calls "girl," "godchild," "niece" and other names along the same lines; Esteban was twenty-three years old when Lucía was born and later, successively, he was her godfather for baptism, confirmation, and matrimony. Lucía is old, of course, but this is relative.

P. Galindo VIII

Una venada; ahora dos, luego tres, cuatro, cinco y seis; están al otro lado de la cerca de las tierras de los Vilches-Campoy. El macho no; el macho está de este lado, en lo que resta de las tierras de Rafa Buenrostro. De repente: un ruido, los animales se espantan; el lugar se queda solo . . . Pasan varios segundos y luego se oyen los pasos de Esteban Echevarría.

El hombre piensa morir – y tan seguro está – que ya ha dejado de tomar las medicinas indicadas. No quiere saber nada; tomó la limonada que le dio Rafa Buenrostro sólo porque era Rafa; que si no . . . Como quiera que sea, ya no hay compromisos. Todo está en orden, listo para marcharse y a tomar el último paso . . .

Echevarría se dirige al mezquite que le plantó su padre en su honor el día de su nacimiento allá en el último tercio del siglo diecinueve, recién acabada la guerra que los americanos sostuvieron entre sí. No es el mezquite más viejo ni es Echevarría miembro de las Cuatro Familias que lograron sostener parte, tampoco mucha, de esta tierra que acapararon en los tiempos de las mercedes cuando Escandón.

Echevarría no necesita ser miembro de las Cuatro Familias; ha sobrevivido a todos los de su edad y ahora es el único que todavía se acuerda de cómo era el Valle. De cómo fue y de cómo era el Valle antes de que vinieran los bolillos a montón, y el ejército, el gobierno estatal y sus rinches, el papelaje y "todo el desmadre que arrambló con tierras y familias; con el desprendimiento personal y el honor de haber sido lo que fuimos . . ." Sí; piensa morir. Quizá dure dos, tres días, de ahí no pasa.

Echevarría se sienta por fin. La camisa color khaki y almidonada, abrochada en puño y cuello, le queda bien gracias a las manos hábiles de Lucía Monroy a quien, a pesar de sus sesenta y pico de años, Esteban aun llama 'muchacha,' 'ahijada,' 'sobrina,' y otras cosas por el estilo; Esteban contaba con veintitrés años cuando nació Lucía y, más tarde, sucesivamente, fue su padrino de bautizo, de confirmación, y de casamiento. Lucía es vieja, sí, pero no le llega a la rodilla a Echevarría.

He starts to roll himself a cigarette of chopped tobacco; he uses corn shucks instead of paper; he cuts one of the shucks in half and in its hollow, he pours some Black Duck; tobacco strong enough to knock down anybody; its smoke almost always announces Esteban's arrival or his recent presence. Echevarría is the oldest of the old people who has seen all the revolutionaries buried: Evaristo Garrido, don Manuel Guzmán and don Braulio Tapia (with whom this chronicle of Belken County begins). Echevarría also buried their wives. This means that he is the last of that nineteenth century litter that spent its whole life in the Valley or to the south of it, on certain occasions.

Echevarría removes his hat to fan himself; he then puts it on again and continues to smoke while he thinks about the people from Belken County, the people from Klail ...

There's no discomfort, no pain, apparently. (Maybe he does suffer some, but since he doesn't complain, one supposes Echevarría doesn't suffer.) It seems one can adjust to one's own pain or insult better than to someone else's. It's possible.

Echevarría is very close to ninety years of age, and what is more likely is that the pain is so ingrained that he no longer even thinks about it. What little he allows himself to say, but only from time to time, so as not to become tiresome, according to Rafe, is the following: "My body is quitting on me, Rafe; but there's no complaint from this old box which has sustained me for so long ... Ha! and as your cousin Jehú says: 'What I regret the most is the cussing and the swearing that Echevarría is going to take with him when he dies.'"

The man loves to talk, alone or in company; Echevarría takes another long drag from the leaf cigarette and watches the smoke rise in tufts which he then follows with his eyes while he remains very still watching the stag return to nibble at the fence. They look at each other for an instant and then the stag starts to ruminate while Echevarría crosses his legs and settles down at his mesquite which his father, don Hilarion Echevarría, planted there when the world was very much another world.

Empieza a hacerse un cigarro de picadura; lleva hojas secas de mazorca de maíz para el caso; corta una por la mitad y en el hueco que hace, echa el Pato Negro; tabaco bastante fuerte como para tumbar un toro zaino, el humo y el olor casi siempre anuncian la llegada o la estancia de este señor, el más viejo de los viejitos que ha sepultado ya a todos los revolucionarios: A Evaristo Garrido, a don Manuel Guzmán y a don Braulio Tapia (con el quien, sin saberlo Tapia mismo, se empezó este cronicón del condado de Belken.) También ha sepultado a las mujeres de éstos. Viene siendo el que queda de esa camada del siglo diecinueve que vivió su vida entera en el Valle o al sur de él, en dadas ocasiones.

Echevarría se quita el sombrero para abanicarse un rato; luego, se lo cala de nuevo y sigue fumando mientras piensa en la gente del condado de Belken, y especialmente, en la gente de Klail . . .

No tiene achaques ni dolores, según parece. (Quizá los tenga pero como no se queja, bien se puede decir que no los tenga.) Uno, y parece que sin querer o pensar o proponérselo, diríamoslo así, se acostumbra más a los dolores propios que a los ajenos o que a un insulto.

Echevarría está al borde de los noventa años y lo más probable es que tiene ya tan arraigado el dolor que ni piensa en él. Lo poco que se permite decir, de vez en cuando y para no cansar, según Rafa, es lo siguiente: "Me falla el cuerpo, Rafa; pero no hay queja de esta caja vieja que tanto ha soportado . . . ¡Ja! y como dice tu primo Jehú: 'Lo que más siento son las maldiciones que Echevarría se ha de llevar cuando se muera.' "

Amante de hablar, solo o en compañía, Echevarría le da otra tirada larga el cigarro de hoja y deja el humo salir a copos para seguirlo con la vista mientras se queda quietecito viendo al macho que vuelve a la cerca. Se ven por un instante y entonces el macho se pone a rumear mientras Echevarría cruza las piernas y se acomoda en su mezquite que su padre, don Hilarión Echevarría, le sembró allá cuando el mundo era muy otro.

Where Something of Jehú's Varied Life May Be Seen in Its Different Stages

Jehú Malacara I

God is great—and even though I've quit preaching and other things—I can attest to His mysteries to His working alone, without a committee. God works on his own, then. If this were not so, how could Emilio Tamez's transformation be explained?

There he is: Meek, gentle; why, he even tips his hat. In truth he merely touches his hat, but that's saying quite a bit already.

The Monroy girl (Esther) stretched him out like a wet sheet. Tamed him. She picked his pocket, as we say in Klail. Testy and a brawler, that Emilio, and a bit of a loudmouth too; the Monroy girl made a believer out of him, took the starch out, right?

What young Murillo couldn't do when he sliced off Emilio's ear, or when Dirty Barrón laid into him with his broom, or when he himself slipped on a cabbage leaf and off the boxcar (Behave, you damn gimp, or I'll slap you down) the Monroy girl did when she stepped in, and in two shakes of a lamb's tail, a saying, she removed the ring from her finger and shoved it up his nose.

Way to go, Esther! Give 'em another yank, Esther! Yeah, let's see how well this one-eared jackass hears the tune he's got to dance to!

Now we all know that Emilio talks and says all he wants to over here, in the cantina, but at home? Forget it. Not a word. You know a 'possum won't quit its ways just because, right? You've got to teach him who's boss. It's the same arrangement with Emilio; it's just that Esther Monroy is smart about it, see? Let me count the ways: 1) She doesn't ridicule him in public (I know this for a fact); 2) Emilio does his job in bed (We have to take his word); and, 3) although

Donde se ve algo
de la vida variada de Jehú
en sus diferentes etapas

Jehú Malacara I

Dios es grande—y aunque ya me quité de predicar y de otras suertes—hago constante que Él trabaja sus misterios sin comité. Se quiere decir que obra por Sí mismo. Si no, ¿cómo explicar el cambio en Emilio Tamez?

Allí lo ven: manso, tierno, y hasta se quita el sombrero. Bueno, se lleva la mano al sombrero, que ya es algo.

La muchacha Monroy (Ester) me lo arregló. Lo domó. Le quitó la feria, como decimos en Klail. Rascarrabias el Emilio y peleonero y mal hablado, con su poco de farsante, la muchacha Monroy, con todo esto, me lo aplacó.

Lo que no hizo el menor de los Murillo cuando le rebanó la oreja, o el Chorreao con el escobazo, o la cáscara de brécol en el vagón del tren del cual se resbaló para quedar chueco—Ponte bien, Chueco cabrón para darte un revesazo bien dado—la menudita Monroy vino y en un 2 X 3, un decir, se quitó el anillo del dedo anular y se lo colocó en la nariz.

¡Así da gusto! ¡Estírale un poco más, Ester, para ver cómo baila el chotis este desorejado!

Bueno, Emilio habla y dice todo lo que él quiera acá, afuera, pero en casa, nada; ni media palabra. Ustedes saben que las mañas del tlacuache no desaparecen no más porque sí y por eso hay que enseñarle quién manda. Lo mismo con Emilio, sólo que la Ester Monroy se lo barajea bien: 1) No lo pone en ridículo en público; (esto yo lo sé); 2) Emilio es muy cumplido en el catre (él lo dice en las cantinas) y, 3) Emilio, aunque no va a misa, siempre viste muy

he won't go to mass, he does dress the kids and drives them over to Our Lady of Mercy. Emilio waits outside "with the other men." Nihil novum.

Something is better than nothing, said the devil, when his lease was transferred to the next world. In this case, Emilio—you'd think he was a viceroy—observes what Esther dictates and almost always complies with it.

It's about time he found out what marriage is all about.

bien a los nenes y los lleva en su troca a Nuestra Señora de las Mercedes. Emilio se queda afuera "con los otros señores."

Algo es algo, dijo el diablo, cuando le pasaron sus hectáreas en el otro mundo. Acá lo mismo y Emilio—hasta parece virrey—acata con lo que le dice Ester y casi siempre lo cumple.

Se ve que por fin va sabiendo de qué se trata la cosa.

Jehú Malacara II

"Who you talking about?"

"We're still on the Tamez family. A little over a year ago, I think it was, Joaquín Tamez started skirtchasing. Life's an open secret in Klail, and one should let it go at that. Now then, if one really makes an effort to learn more, to immerse oneself, to quote Luisito Moncivais, (he's the queer boy over at the brick place), then one can find out even more.

"But it's better not to. It's better not to immerse oneself since, everyone's willing to come and tell you all about it for free or you yourself bump into the truth by chance or luck. And then, what are you going to do? Keep it to yourself, right?

"Recap: Joaquín Tamez, at fifty, is going to stray from the path; he's planning to open new horizons; to check out unknown pleasures; to head in the wrong direction; to go down someone else's alleyways ..."

"Jesus Christ, Jehú!"

"Yeah, Jehú, get to the point."

"O.K., O.K., Joaquín wants a new adventure, but as the *bolero* says, 'It's late in the day.'"

"Because of his age, is that what you mean?"

"No."

"Well?"

"The answer is in his own home."

"At home, you say? Who? Jovita?"

"And here I thought she quit running around."

Jehú: "I don't need a hard time."

"Well ... you brought it up ..."

"No, no ... I just gave you the answer and now Santos here ... Aw, hell."

"Let the man tell it; go on, Jehú. Come on, somebody pass me the salt."

"Well, as I was saying, Joaquín is skirtchasing, and he's going to have to pay, you'll see. Do you remember the late Epigmenio Salazar?"

"Don't tell me you're going to say now that old don Epigmenio...?"

Jehú Malacara II

"¿De quién hablas?"

"Seguimos con los Tamez. Hace poco más de un año que Joaquín empezó a mujerear. Aquí se sabe todo y uno, sin querer, se da cuenta. Ahora bien, si uno se propone a saber más, a profundizarse, como dice Luisito Moncivais, el joto de la tienda de ladrillo, entonces a veces se da cuenta de más.

"Lo mejor es no. Lo mejor es no profundizarse ya que, como se dijo, sin querer, vienen y se lo cuentan a uno o por mera casualidad uno mismo se topa con la verdad. ¿Y luego qué vas a hacer, Ruperta? Aguantarte, ¿verdad? P's, sí . . .

"Lo dicho: Joaquín Tamez, a los cincuenta, se va a salir de la vereda; piensa abrir zurcos nuevos; trillar joyancas desconocidas; andar en malos pasos; irse por callejones ajenos . . ."

"¿Quién te aguanta, muchacho?"

"Ya, Jehú, al grano."

"Pues, sí; Joaquín anda en buscas . . . Pero, como dice el bolero: 'llegaste tarde . . .'"

"¿Por la edad, tú?"

"No."

"¿Entonces?"

"La repuesta está en casa."

"¿Que la res puesta está en casa? ¿Qué res? ¿La Jovita?"

"Y decían que ya se le había quitado, tú."

Jehú: "No la amuelen, hombre . . ."

"Si tú fuiste, Jehú. Tú empezaste . . ."

"No, no . . . Yo dije que la respuesta y ahora sale aquí Santos con que la res puesta . . . Chingao, primo."

"Sí, h'mbre; dale, Jehú. A ver, ahí cualquiera, pásenme la sal."

"Pues, sí; el Joaquín anda faldeando . . . Eso le va a costar, ya verán. ¿Se acuerdan del difunto Epigmenio Salazar?"

"¿A poco nos vas a decir que don Epigmenio . . . ?"

"Shh, man . . . go on, Jehú."

"Point by point. First, don Epigmenio was so lazy he wouldn't have a mistress 'cause it was too much work; second, if you interrupt me again, Cross Eyes, I'm going to give you such a kick in the ass it'll straighten out both your eyes. Do we understand each other? By the way, Cross Eyes, this is a parenthetical remark and nothing personal. Pass me the salt!"

"Who we talking about? Joaquín or Epigmenio? . . . Pass him the salt."

"There it is. It's about both, right?"

"Here goes: One night when doña Candelaria the Turk was coming home from a neighborhood visit or from some bingo or other, a boy comes up and asks the Turk about don Epigmenio. Where is he? 'Cause he's got a message for him, see?

"The message was from don Plácido and it was oral: a game of dominos while they listened to the G B H Shoe Program on XEW. The boy also had a note in his hand; another message. This one, however, was not for Epigmenio but for his son-in-law, Arturo Leyva, although there was no name on the paper. Here's what it said: 'It's nine o'clock and I'm at the park.' Instead of a signature, a pair of super-red lips. The boy was going to speak to don Epigmenio and then sneak on over to Arturo's.

"And listen to this: The Turk woman takes the note, reads it, and then tells the boy: 'Here's a nickel, young sir; no, I mean it, really . . . don't worry about it; I'll take the note to Epigmenio myself.' The boy was going to reply but took the nickel instead . . ."

"Were you the boy, Jehú?"

"Goddamn it, there he goes again. Go on, Jehú."

"As I said, nothing to it: The Turk went and broke poor don Epigmenio's back. He screamed like a scalded pig and then: 'Candelaria . . . what's the matter with you, woman? It's me, Epi. Turk! Turk! What's come over you?' Well, each step or word meant a blow with the fly swatter wherever it might fall."

"The rubber kind?"

"Come on, man . . . the wire kind; that's what it's for . . . and from that she went to 'Shut up, you fat fool; shut up! Cuckold me, will you? At your age! Ashamed is what you should be; but since you're not, it's bruises for you, Epigmenio Salazar!"

"Can you make it rhyme, like *age, rage, bruises, cruises?* I'll get this round. Salt, please."

"Shshta, h'mbre . . . dale, Jehú."

"Punto por punto. Primero: don Epigmenio era de lo más huevón y tanto que por no trabajar no se echaba una querida; segundo, como me vuelvas a interrumpir, Turnio, te voy a dar tal patada en el culo que te voy a enderezar la vista. ¿Estamos? A propósito, Turnio, esto es entre paréntesis y no nada personal. ¡Pásame la sal!"

"¿Se habla de Joaquín o de don Epigmenio? . . . pásenle la sal."

"Ahí va . . . de los dos ¿verdad?"

"Pasa que una noche cuando doña Candelaria volvía de unas visitas o de la lotería, un chamaco viene y le pregunta a la Turca por don Epigmenio. ¿Que dónde está? Que trae un recado para él . . .

"El recado era de don Plácido y era oral: una partida de dominó mientras escuchaban el programa de los zapatos G B H en la XEW. El chico llevaba también un papelito en la mano; otro recado pero no para Epigmenio, sino para su yerno, Arturo Leyva, aunque no había nombre en el papelito que rezaba: 'Son las nueve y estoy en el parque.' En vez de firma unos labios de lo más rojo. El chico iba a hablar con don Epigmenio y de ahí a colarse aquese Arturo . . .

"No, casi nada. La Turca tomó el papel, lo lee y le dice al muchacho: 'Toma este nicle, galán; no, no, de veras . . . descuida: yo misma se lo llevo a Epigmenio.' El muchacho iba a contestar pero tomó el nicle y . . ."

"¿El muchacho eras tú, Jehú?"

"Chingao, otra vez la burra al maíz. Dale, Jehú."

"Como les digo, casi nada . . . La Turca vino y deslomó al inocente de don Epigmenio. Éste gritó como cuino escaldo y luego: 'Candelaria . . . ¿qué te pasa, mujeeeeeeer? Soy yo, Epi. Turca, Turca, ¿qué tienes, h'mbre?' Y a cada paso y palabra un golpe por donde fuera con el matamoscas."

"¿El de hule?"

"Quita, h'mbre . . . el de alambre que para eso está . . . y de ahí, 'Cállate, bribón; cállate. ¡Ponerme cuernos a mí, je! ¡a tu edad! Vergüenza te debiera dar y ya que no: moretones tehededar, Epigmenio Salazar!' "

"¡Salió en rima! Yo pago este *round*. La sal, por favor."

"And it went on and on like that until doña Candy got tired.
What an arm, though! What an arm! Why, she turned into a Her-
cules with that fly swatter ... As I was saying, she finally got tired
and Epigmenio remained outside where he could hear the Turk snort-
ing and roaring ... little by little the storm passed and Epigmenio
(through the screen door) said, 'Candy ... Woman? I don't know
what that was all about, but I turned in all the rent money to you.
Every penny. I swear. I swear I did. I swear by God Almighty. The
thing about the beers and ice was my idea ... really. You know
I never drink liquor away from home.'

"The Turk heard him but with no idea what he was carrying on
about. A minute passed by, and then she said: 'What are you talking about? What rent? What beer or whatever?'

"Epi had no idea either. *He* knew he hadn't sinned, so? But, as
usual, when all else failed, he appealed to the truth:

'I was waiting for you as usual ... you know I don't like to
leave the house with no one at home when you're not here
... I was waiting for someone to come tell me that Plácido
González wanted to play dominos ... I lay down; I fell asleep;
and suddenly, you ...'

"Epigmenio remained in the patio and away from the kitchen light.
Doña Candelaria pursed her lips and suddenly interrupted with the
following:

'And what about that note that someone is waiting for you
at the park? What about that?'
'It's not mine, I swear it ... or, it's not for me; I give you
my word. Plácido and the guys are the ones waiting for me.'
'Come closer ... look closely at the paper, Epigmenio.'
'I swear it by my holy mo... (he stopped when he
remembered that he wasn't supposed to mention his mother
in his wife's house). I swear it, Candy. I swear it.'

"There are times when people do communicate by talking it out.
This was one of them. The peace talks came after the blows, true,
but they came and this, in the end, is what counts.

"The note was for the son-in-law, Arturo Leyva; he was supposed
to have met the girl in the park. But, such is life."

"Such is life ... You're so original!"

"What're you going to do, shoot me? Pass the salt."

"Y así, gentes, hasta que se cansó doña Cande. ¡Pero qué brazo! Era un Hércules con ese matamoscas . . . Como digo, por fin se cansó y Epigmenio se estuvo afuera oyendo bufar y rugir a la Turca . . . poco a poco se le fueron pasando los corajes y Epigmenio, por la puerta de tela, dijo: 'Cande . . . vieja . . . oye . . . no sé de qué fue la cosa pero te juro que volví toditito el dinero de la renta. Te lo juro . . . Mira, por Diosito santo. Lo de las cervezas y el hielo eran cosas mías . . . de veras. Tú sabes bien que yo nunca tomo licor fuera de casa . . .'

"La Turca oía y no comprendía. Al minuto se levantó y dijo: '¿De qué hablas, sinvergüenza? ¿Qué renta o cerveza o lo que sea? ¿Qué crees que soy?' "

"Epi seguía a oscuras . . . Él sabía que no había pecado, ¿entonces? Como siempre, cuando todo fallaba, apeló a la verdad:

'Te esperaba como siempre . . . ya sabes que no me gusta dejar la casa sola cuando tú no estás . . . Esperaba que alguien viniera a decirme que Plácido González quería una partida de dominó . . . me acosté, me dormí, y de repente, tú . . .'

"Epigmenio permanecía en el patio y se medio entreveía por la luz de cocina. Doña Candelaria fruncía los labios y de repente soltó lo siguiente:

'¿Y este papel que alguien te espera en el parque? ¿Eso qué?'
'Mío no es, te lo juro . . . o no es pa' mí; palabra. El que me esperaba es Plácido.'
'Acércate . . . mira el papel bien, Epigmenio.'
'Te lo juro por mi santa . . . (se cortó cuando se acordó que no debía mencionar a doña Claudia en casa de su esposa). Te lo juro, Cande. Te lo juro.'

"Hay veces que hablando se entiende la gente; ésta fue una de ellas. Las pláticas de paz llegaron algo tarde, sí, pero llegaron y esto, al fin, es lo que cuenta.

"Según cartas, un modo de expresarse la gente, Arturo dejó plantada a la del parque. En eso también hubo suerte. Así es la vida."
"Así es la vida . . . ¡qué original, tú!"
"Ya, ya. Que pasen la sal, digo."

"No telling what Joaquín's fate's gonna be, though, but I can assure you one thing: One of these days, his wife, Jovita, is going to pretty up like a brand new shoe, and if Joaquín doesn't watch out, someone's gonna show up and try to fit her for size ... Time will tell."

"And, who's Joaquín running around with?"

"One doesn't ask that kind of question ... besides, that's his business."

"And Jovita's, too."

"When she finds out ... Pass the salt."

"Listen, Jehú ... Is it the same here as it is up in Austin?"

"Most probably ... Hey! What do you think you're doing there? I'm buying! Leave that alone; no, no: no way! It's my turn. Hey, Dirty! Bring five more here and take it out of this bill. Leave it be. I already told you: this one's mine. What the hell's wrong with this salt shaker anyway?"

The beer and the talk ended by ten-thirty. Rafe was checking out of the hospital the next day, and I was going to take him to his brother Israel's, to the El Carmen ranch.

"Lo de Joaquín no se sabe dónde vaya a parar, pero una cosa sí les digo: La Jovita a veces es medía chancla y si el Joaquín no se cuida, alguien se la va a calzar ... y si no, pa' allá vamos."

"¿Y con quién anda el Joaquín?"

"Esas preguntas no se hacen ... además eso es cuento de él."

"Y también de Jovita ..."

"Cuando lo sepa ... pásame la sal."

"Oye, Jehú ... ¿y en Austin, es igual que aquí?"

"Lo más probable ... ¿Eh? ¿Qué hacen? Dejen allí; no, no, de ninguna manera: Ahora pago yo: Eit, Chorreao, pon cinco más aquí y tómalo de este billete. Quita, quita, ya les dije: ahora va la mía. ¿Qué chingaos pasa con este salero?"

La cosa se paró para las diez y media. El día siguiente Rafa salía del hospital y yo iba a llevarlo a casa de Israel allá en el Carmen.

Jehú Malacara III

Of the Leguizamóns—the old generation—the only one left is don Javier. Of the young generation, some are married and others are about to, but none of those lives in Klail. Don Javier himself and a few others live over in Bascom; there are others in Edgerton and Flora and certainly some others in Ruffing and Jonesville.

The history of this family or clan is well known: They were latecomers to the Valley and sensing which way the wind was blowing, they made themselves into old Mexicans; later on they passed themselves off as Spaniards and, finally, as red-white-and-blue patriots: this last doesn't mean that they took up arms in this country's service. Not at all. There are other ways to be patriotic: by making money, by shafting one's neighbor; by adjusting to what is convenient; by taking the best way out, etc. As everybody knows, that's the easy part.

I was a clerk and errand boy at don Javier's for a time and I got to know the man quite well. It'd be too much to expect Rafe to write about the Leguizamóns in this chronicle of the Valley; and it would also be too much to ask that I be fair, but one must recognize that the attempt should be made, at any rate.

Don Javier Leguizamón, like many from his tribe, made money from land and property. (Since everything must be revealed, the deals were not always the most honest or the fairest, although, on the other hand, it must also be said that they showed no favoritism to Mexicans either.)

To my knowledge, he had no less than three illegitimate offspring, who are very much with us; however, let it be understood, they bear their mother's name. When I did the clerking, I also delivered letters and money to Gela Maldonado; she didn't bear any of J.L.'s issue, but she managed to milk her share of the money out of him; today for you, tomorrow for me, tit for tat, and so on.

When Viola Barragán was recently widowed, she became involved (lovely word) with our man briefly; when Gela came along, it was good-bye Viola.

Jehú Malacara III

De los Leguizamón—de los viejos—el único que queda es don Javier. Hay jóvenes, unos casados y otros por, pero ninguno vive en Klail. Don Javier mismo y unos que otros viven en Bascom; otros en Edgerton y Flora, y de seguro que otros todavía en Ruffing y Jonesville.

La historia de esta familia o familión es bien conocida: llegaron tardíamente al Valle y viendo cómo corría el agua, se hicieron primero mexicanos viejos, luego pasaron como españoles y por fin patriotas: esto último no quiere decir que sirvieron en las armas del país. Hay otras maneras de ser patriotas: hacer dinero; joder al prójimo; acomodarse a lo vigente, en fin: irse por el camino trillado. Esto, sabido es, es asunto fácil.

Yo estuve de dependiente y de chico para todo en un tiempo y llegué a conocerlo bien a bien. De más sería esperar que Rafa escribiera sobre esta gente en este cronicón del Valle; también sería pedir demasiado que yo fuera ecuánime en este relato pero también hay que reconocer que se le va a hacer la lucha y sin escatimar:

Don Javier Leguizamón, como muchos de su tribu, hizo dinero en tierras y propiedades. (Como todo se ha de decir, los tratos no siempre fueron de lo más honesto ni honrado aunque sí, por otro lado, siempre fueron en tratos hechos con la raza.)

Que yo sepa, tuvo no menos de tres ilegítimos que aún rueden por su cuenta aunque, entiéndase bien, con el apellido de la madre. Cuando yo la hice de dependiente, llevé cartas a la Gela Maldonado; ésta no tuvo hijos de J. L. pero sí le saco dinero; hoy por ti mañana por mí.

Cuando Viola Barragán (bebe leche y caga pan) recién enviudó, se lió con nuestro hombre por cierto tiempo; luego vino la Gela y adiós Viola.

When don Javier was in his thirties, (the fountain here is don Evaristo Garrido's reports) he married and married well: a good, devoted woman. These poor things usually put up with everything. Those that get mad and kick up a fuss are found in novels, for the most part.

Don Javier's been married over thirty-five years by now, and you can't tell me there isn't such a thing as irony: He and his wife have never had a kid. Zero. Shut out. Nothing: No stillborns, no abortions, no going to bed early to recuperate energy . . . nothing; nothing at all. Total drought.

Since his wife's three sisters, that is, his sisters-in-law (Amparo, Refugio and Consuelo) were as fertile as bantam hens, people pointed their fingers at don Javier. Wouldn't you?

As a rule, people don't forgive. Whatever else they say. The three illegitimate ones don't count, of course.

Of all the Leguizamóns, Javier turned out to be fairly slow; a lady's man (as was his brother Alejandro) but not consistent. Now, with money and with good health, and with an incredibly good wife, any female who drops by the store can get money out of him. Candy from a baby. Besides this, another great part of the money is being spent by a niece (by marriage), Becky, a college girl with her own car, her patent leather shoes and who dresses with admirable taste.

Don Evaristo Garrido says that Javier Leguizamón is a motherless child as well as a fatherless one. A heap of talent for that.

Pegándole ya a los treinta (aquí vienen los informes del viejito Evaristo Garrido) se casó y se casó bien casado: mujer buena y devota. Éstas son las mejores para ultrajar ya que casi siempre aguantan todo. Las que se enojan y hacen pedo viven en novelas.

Lleva más de treinta y cinco años de casado y ustedes tienen que creer esto porque si no se descompone lo que vengo contado: él y su mujer no tienen familia. Nada. Ni muertos en parto ni abortos ni acostarse temprano para cobrar fuerzas . . . nada, nada. Una sequía total.

Como las tres hermanas de su mujer, vamos, las cuñadas (Amparo, Refugio, y Consuelo) salieron más ponedoras que las gallinas coquenas, el dedo de la gente se le apuntó a don Javier.

La gente no perdona. Los tres ilegítimos no cuentan en esta lista; el toque está en que la Ángela, su mujer, saliese preñada y esto el hombre no logró. Ahora menos ya que ella no está en la edad y él sigue sequito.

De todos los Leguizamón, éste salió el más memo; tan enamorado como el Alejandro, pero nunca fue de mucho tesón. Ahora con dinero y bastante salud, con una mujer increíblemente buena, a Leguizamón le saca dinero cualquier vieja que se asome por la tienda. Es más, otra gran parte del dinero se lo viene gastando una sobrina política, que va en buen rumbo de ser un punto de cuidado. Sí; sí, la Becky famosa con su carro, calzado de chinelas de charol y vestida de lo mejor.

Según van las cosas, don Javier sigue siendo hijo de tía y todos ellos, por ser como son, no son raza; son Leguizamón.

Jehú Malacara IV

Don Camilo Peláez, younger brother of don Víctor Peláez and
for many years owner of the Peláez Bros. Carnival Show, now lives
in Edgerton. Widowed and just about as old as Esteban Echavar-
ría, don Camilo lives quietly in a small, neat two-bedroom house
there. And, he never lacks for company: his sons, three of them,
and a bunch of old friends, among these a nicely filled-out lady of
sixty or so. At one point, she used to sing the Mexican waltz, *Over
the Waves* as she glided to and fro during her act on the balancing
wire.

I worked on the carny as a youngster, and her name is doña Petrita
Alarcón; she's called "Porcelain." In her youth, she had a smooth,
light complexion like porcelain; now since she's a little heavy, people think she got the "Porcelain" 'cause she's built like a chamber
pot. Well, no, it's not that way at all.

I also heard her sing back then and—before I even knew the term
"tremolo"—I always thought her voice shook from fear. And why
not? Walking on soleless leather shoes from one end of a wire to
the other with hundreds of eyes as witnesses is serious business. The
singing was don Camilo's idea: "Look, girl, if you get scared, sing
away. Sing, and don't look down because if you do, you're sure to
fall. If you don't know any, Cuco here can teach you. I'm talking
about waltzes, girl, not *boleros*; besides, *boleros* and tangos are
treacherous anyway. I know what I'm talking about. Music from
the tropics is no good and I think that martial music is likewise in-
appropriate. A waltz, girl; *that's* what you need."

Well, that's true; and so, it was don Juventino R.'s *Over the Waves*
that was the chosen waltz; you can still hear it today, on occasion.
Now then, the idea of singing and the balance thing worked out
very well. At the Cuban Carnival and the Furriel Bros.' Carny where
my cousin Vicky used to work, they asked Vicky to do the same,
but encountered limited success. Vicky, a wire walker, tried it now
and then, but she finally dropped it: "I have enough to do looking
out for the stuff people throw at me, and then there's the rubber

Jehú Malacara IV

Don Camilo Peláez, hermano menor de don Víctor Peláez, y por años dueño de la Carpa Hnos. Peláez, ahora vive en Edgerton. Viudo ya y casi tan viejo como Esteban Echevarría, tiene su propia casita allí. Vive solo pero no falta compañía: sus hijos, tres, y un bolón de amigos viejos entre éstos una señora sesentona y ahora más fornidita. En un tiempo, esta señora cantaba el vals mexicano *Sobre las olas* mientras ella se colaba de una punta a la otra cante y cante en el alambre.

Yo llegué a conocerla en ese tiempo; se llama doña Petrita Alarcón y le dicen 'Borcelana;' en su juventud tuvo un cutis liso y blanco como la porcelana y de ahí el apodo. Ahora, como está gordita, la gente cree que eso de 'Borcelana' le vino por la figura. Pues no; no es así y ni es por eso.

Yo la oí cantar muchas veces y siempre pensé—antes de conocer el término 'trémolo'—que le temblaba la voz de miedo. ¿Y a quién no? Eso de andar en chinelas sin suela de una punta del alambre a la otra con cientos de ojos viendo si se caía o no es cosa seria. Lo de cantar fue idea de don Camilo: "Mira, muchacha, si te da miedo, canta. Canta y no veas para abajo porque si ves para abajo, te caes. Si no sabes nada, aquí Cuquita te enseña. Hablo de valses, muchacha, no de boleros; ya sabes, los boleros y los tangos son muy traicioneros. Yo sé lo que te digo. La música tropical no sirve y yo creo que una marcha marcial no viene al caso. Un vals, muchacha; eso es lo que te conviene."

Pues, sí; y dale con el *Sobre las olas* de don Juventino R. que, en esos tiempos, igual que hoy se oía de vez en cuando. Ahora bien, la idea de cantar y eso del equilibrio salió muy bien. La Carpa Cubana y la Carpa Furriel Hnos. donde andaba mi prima Vicky trataron de hacer lo mismo con más o menos buenos resultados. La Vicky que la hacía de alambrista de vez en cuando también lo probó pero lo dejó por fin: "Bastante tengo que hacer cuidándome de las cajas que me tiran y de los ulazos que me dan con las cáscaras

bands and the orange peels. Ha! I nearly lost an eye once. Besides, they don't pay me extra for singing."

When she left the highwire act, my cousin settled down as a ticket seller. Later on, she and Nestor Furriel planned to get married, but that fell apart. She met an Anglo from up North. A Pole or something like that. They ran into each other one day; he was a tourist or something. Anyway, Vicky, always impetuous, got married. Now, they've got a little business where they rent out and repair television sets; their shop's out by a neighborhood called "The Rag," there, in Chicago.

"Petrita Alarcón married a barber, Brífido Alarcón . . ."

"What do you mean Brífido? It's Brígido, with a 'g.'"

"That's what I say, but he says Brífido . . ."

"Some people . . ."

"So Petrita married a barber, huh?"

Yep, right there in Edgerton. No kids, they spend their time visiting folks; they drop by don Camilo's twice a week usually.

Another old man who drops around there used to be a musician in the carny; stuck around for fifteen years or so. He's the one who taught me to play the *marimbas* with Coke bottles. Yeah, we'd put water in 'em to get the right tone. We got pretty good at it. I was just a kid, see, and he'd dress up like an old man; and then he'd tell the people we were grandfather and grandson. Don Camilo didn't care what we did; he kept his eye on the ticket booth and the money.

And then all their trained dogs died, one right after another, and they wouldn't buy new ones. "We couldn't do it, Jehú. There was a lot of love there; lots of love. It wasn't a matter of animals; as my Chucha, may she rest in peace, used to say; it was a matter of little people with four feet."

Don Camilo still looks good and when we talk about his brother, don Víctor, that's when he opens up on the vices of drinking; when we get to this point, don Camilo gets a bit tiresome, and I know it's time to say good-bye until the next time.

To my knowledge, that's the only unsocial habit the man has.

de naranja. ¡Ja! Por poco pierdo un ojo una noche. Eso de cantar es demasiado; además, no me pagan más."

Mi prima después del alambre probó y se dedicó a vender boletos cuando ella y Nestor Furriel pensaban casarse; aquello fracasó cuando Vicky se topó con un bolillo del norte. Un polaco o algo así. Se toparon una tarde en Ruffing cuando andaba él de turista. La Vicky, siempre impetuosa, se casó. Ahora tienen un negocito donde se alquilan y se componen televisores cerca del barrio que llaman 'La Garra' allá en Chicago.

La Petrita Alarcón se casó con un barbero, Brífido Alarcón . . .

¿Cómo que Brífido? Es Brígido, con 'g.'

Es lo que les digo, pero él dice Brífido . . .

Ah, raza . . .

Que se casó con el barbero, tú.

Sí, allí en el mismo Edgerton. No hubo familia y ahora los dos viven de visita en visita; a don Camilo le caen dos veces por semana que siempre se aprecia.

Un viejito que también cae por ahí era músico en la carpa de los Peláez y lo fue por más de quince años. Este señor fue el que me enseñó a tocar las marimbas de la Carpa que consistían en alinear botellas de Coca Cola con agua a ciertos niveles cada una para lograr las notas necesarias. Llegamos a hacerlo bien ya que yo era niño y él se vestía de viejito; la gente, ¡Viva la gente! decía que éramos abuelo y nieto. Don Camilo no decía nada; él ponía un ojo en la taquilla y el otro en la gente.

Todos los perritos y perritas amaestrados se fueron muriendo uno detrás del otro y nunca se reemplazaron. "No era posible, Jehú. Allí había amor; mucho amor. No se trataba de animales; como decía mi Chucha que Dios la tenga, se trataba de gentecitas con cuatro patas."

Don Camilo todavía se ve bien y cuando hablamos de don Víctor, siempre da su sermón sobre los vicios del trago; cuando a esto llegamos, don Camilo se pone pesado y sé que es tiempo de despedirme hasta la próxima.

Que yo sepa, esa es la única manía que tiene.

Jehú Malacara V

Cayo Díaz was a Valley boy (Ruffing) and he died in Korea, as did Tony Balderas, from Jonesville. They and Rafe got called in at the same time. They got killed off in '51; Rafe was close to 'em; good friends. The three of 'em really tied one on in Japan. Díaz and Balderas were in that first artillery outfit of Rafe's, the 555th.

These two died during the second assault on Seoul, although I never was at the cemetery where they were buried. I did get to meet Cayo in '50 and it was through him that I heard about Rafe and his whereabouts. The closest I got to seeing Rafe over there was an afternoon when they told me that some Mexicans from the 219th were playing baseball that morning. The next day I went to the back area, but they'd left by then. From what I heard, that battery, part of the 219th, had been there for a week or so.

In Cayo's case, I ran into him a second time at the base hospital when I was with Capt. Kinney, the chaplain. Cayo had an infected foot but nothing serious; three months later, during that terrible winter, and going North a second time, Cayo Díaz died during the shelling on Seoul; I didn't hear about Tony Balderas until much later; and, since I never got to know him well, I didn't hear what happened until I got back to the Valley.

When I got discharged at Fort Ben Barton, with money in my pocket and time and everything, I spent a week, there, in William Barrett. On the last day, at the bus station, I bumped into a guy from Ruffing; we started talking about this and that and I found out he was Cayo Díaz's cousin. He didn't know Tony Balderas, either, though. I asked him if he had met Rafe, and he said he hadn't; he said he knew the last name as well as some Buenrostros out in Edgerton. His name was Guillermo Velásquez and he was one of the two hundred thirty-seven survivors of the 187th Regimental Combat Team; lots 'a Mexicans in that one. It was started up at the beginning of the war and shipped out from Pier 92 in Seattle.

Yeah; lots 'a Mexicans from Belken, in the 187th, and from California and New Mexico, too.

Jehú Malacara V

Cayo Díaz fue un muchacho del Valle (Ruffing) que murió en Corea con Tony Balderas también del Valle (Jonesville) y ambos conocidos de Rafa. Murieron durante la refriega de 1951 y Rafa los llegó a conocer bien; los tres se pusieron una de pie descalzo y de lengua afuera en Japón. Díaz y Balderas también estuvieron en la artillería (en el 555).

Éstos murieron durante la segunda toma de Seoul aunque nunca vi el cementerio donde los enterraron. A Cayo yo llegué a conocerlo el '50 y por él supe de Rafa y de su paradero. Lo más cerca que llegué a ver a Rafa allá fue una tarde que me avisaron que unos mexicanos del 219 estaban jugando béisbol esa mañana. Al día siguiente fui al campamento mentado pero ya se habían ido; según los informes, esa batería, parte del 219, había estado allí por ocho días.

Con Cayo fue distinto. Me topé con él por segunda vez en el hospital cuando yo andaba con el capellán Capt. Kinney. Estaba en cama con un pie infectado y nada grave; de ahí en tres meses, con un fríazo, rumbo al norte por segunda vez, Cayo Díaz murió durante los bombardeos en la plena ciudad capital de Seoul; de Balderas no supe hasta después; como nunca llegué a conocerlo bien a bien, no supe de él hasta que volví al Valle.

Cuando me licencié en Fort Ben Barton y con dinero en la bolsa y tiempo y todo, me quedé allí en William Barrett toda una semana. El último día, en la estación de autobuses me topé con un muchacho de Ruffing; nos hicimos de plática y supe que era primo de Cayo Díaz. Él tampoco conocía a Tony Balderas. Le pregunté si había conocido a Rafa y dijo que no; conocía el apellido y a unos Buenrostro en Edgerton. Este muchacho, Guillermo Velásquez, fue uno de los doscientos treinta y siete que sobrevivieron del grupo original del 187th Regimental Combat Team que se formó al empezar la guerra y que había partido del Pier 92 en Seattle.

En el 187th había mucha raza de Belken así como de California y de Nuevo México.

Jehú Malacara VI

Vicente de la Cerda waves and asks me to stop; I knew he'd just gotten back from Hoopeston, Illinois, a few days ago.

Vicente is an old *old* truckdriver, and he must have his kidneys lined by the Essen Stahl Werke: shiny, hard, durable. "Shall we sit down here?" He points to a bench provided by don Valentín Zertuche, the restaurant man.

I was heading home from work; thinking, maybe, about something that had happened at school when Vicente brought me up short. (Vicente is proud that I'm a teacher at Klail High.) "We used to have two Mexicans there," he says, "but since Rafe's left us to go back to the ranch, you're the only one left. Don't you go now and leave us, too . . . you hear?" Vicente reads books, by the way, and has a high-pitched, rapid manner of speaking; this is not uncommon in the Valley.

"I've got something to tell you; and you may be in a hurry, but this is for you . . . How about a cigarette? Well . . . you're not going to believe this, but you will believe it after I give you the details." He hollows his voice like don Abdón Bermúdez's and says: "Well, sir, this damned world isn't as big as they say it is." We both laugh, and I gesture with my head asking what this is all about.

"Look, Jehú, come on, take a seat. There. It's a surprise, ready? Brace yourself. I just got back from Hoopeston, Illinois, and, guess who I bumped into? Think about it.

(I haven't the slightest idea.) "Is it somebody from the Valley?"

"No, no. An Anglo. From there, from Hoopeston or near there, on the Indiana border.

"An Anglo? From over there?"

"Right. An Anglo from over there, from Illinois."

"Well, Chente, I can't think of anyone."

"Sure, Jehú. An Anglo who was in the army with you."

"In Arkansas?"

"No, over there in China, where you all were."

"Korea?"

"Korea, China, you know . . . over there."

Jehú Malacara VI

Vicente de la Cerda me ve y me detiene; que acaba de volver de Hoopeston, Illinois hace unos días.

Vicente, troquero viejo, debe tener los riñones forrados de acero alemán: brillante, duro y resistente. "¿Nos sentamos aquí?" y me señala la banca de don Valentín Zertuche, el del restorán.

Yo iba rumbo a mi cuarto, distraído; pensando, quizá, en algo que habría sucedido en la escuela cuando Vicente me atajó. A Vicente le gusta que yo esté de profesor en la secundaria. "Teníamos dos," dice, "pero se nos fue Rafa al rancho otra vez y ahora quedas tú. No te nos vayas a ir tú también . . ." Vicente lee algo y tiene esa voz entre alta e histérica que se oye en el Valle de vez en cuando.

"Tengo algo que contarte y aunque no tengas tiempo, esto es para ti . . . ¿No fumas? Bien . . . no me lo vas a creer . . . bueno, sí me lo vas a creer después que te cuente los detalles." Ahueca la voz como don Abdón Bermúdez y dice: "Créame, amigo; este mundo cabrón no es tan grande como lo pintan." Nos reímos los dos y le pregunto con la cabeza que qué trae o de qué se trata el asunto.

"Mira, Jehú, ándale, siéntate aquí . . . eso. Te voy a pasmar. Agárrate. Acabo de volver de Hoopeston y ¿con quién crees que me topé? ¿A ver? Ponte a pensar."

No tengo la menor idea. ¿Es alguien del Valle?"

"No . . . no. Un bolillo. De ahí, de Hoopeston o cerca de allí, en la línea de Indiana."

"¿Bolillo? ¿Y de allá?"

"Te digo que sí, h'mbre. Un bolillo de allá, de Illinois."

"Pues no, Chente. No caigo."

"Sí, h'mbre . . . un bolillo que estuvo en el Army contigo."

"¿En Arkansas?"

"N'hombre; allá en China, donde andaban ustedes."

"¿En Corea?"

"Corea, China, ya sabes . . . por allá."

"Too long ago, too hard. It's been years since I've thought about
that . . ."

"Really? Boy, you and that cousin of yours are something else;
you don't think about the war?"

"Anglo, you say? And he knew Rafe?"

"Rafe? No, not to my knowledge, no . . . *you* were the one he knew,
he said. Look: here's a picture I took of him . . . let me show you.
How about that?"

"Well, no, Vicente; I'm sorry . . ."

"But it's a recent picture; it's about three weeks old, yeah . . . He
says he's put on some weight; that when you knew each other he
was thinner; but he *does* know you . . . He does the contracting,
see? And he remembers you . . . Yeah, he saw my truck with its "Don't
quit!" from Klail City, Texas, and he asked for the owner right away,
and he hired everybody on the spot. All he asked was "How many
you got?" and then, "I'll hire the truck and the driver. Who owns
this truck?" I told him I did and we shook hands right there . . .
Yeah, the minute he spotted the name *Klail*, it acted like a magnet
for him; he made a beeline for it. Ready? His name's Robert Taylor,
like the movie star . . . Know who I'm talking about now?"

"Taylor? No, can't say I do."

"Really? he remembered you . . . look at the picture again, Taylor.
Well?"

"No . . . I can't place him."

"God, Jehú . . . I thought you had a good memory. Let's see some
of it; come on! Try to remember."

"What can I say, Chente?"

"Boy, that's really something. Someone brings you greetings all
the way from Illinois and now you can't remember the guy. He sure
remembered you. He said you were an assistant or something to
some minister in the army."

"Chaplain."

"That once you two bought a set of real china and lost it gambling . . . that . . . let's see . . . Oh, yeah; that one time you and him
went to pick up the mail in a truck . . . and that another time you
both stole some baseball gloves to play baseball . . ."

"Baseball gloves? I've still got the old glove . . . Bob Taylor. I just
can't make him out, Chente. Bob Taylor, huh. No . . . can't
remember."

"Va a ser difícil, Vicente, porque, francamente, tengo años de no pensar en eso . . ."

"Pues estás de la patada . . . No te ofendas, muchacho, pero tú y tu primo están de la mera patada . . ."

"¿Bolillo dices? ¿Y conoció a Rafa?"

"¿A Rafa? No, que yo sepa, no . . . a ti era el que te conoció . . . Mira: aquí traigo este retrato que le tomé . . . déjame desabrochar la cosa . . . ¿Eh? ¿Qué tal?"

"P's no, Vicente; lo siento . . ."

"Este retrato es nuevo; lleva apenas tres semanas a lo más . . . Dice que está algo gordito; que cuando se conocieron era más flaco; pero sí te conoce . . . Está de contratista allí con la raza y se acuerda de ti . . . Sí; cuando vio mi troque con su ¡No se rajen! de Klail City, Texas, luego luego preguntó por el dueño. En un dos por tres ocupó a toda la gente. No más preguntó ¿cuántos son? y luego, "I'll hire the truck and the driver. Who owns this truck?" Le dije que yo y allí chocamos la mano . . . Sí, h'mbre, no más vio el nombre de Klail y se fue como un imán; se vino derechito. Aquí va: se llama Robert Taylor, como el artista . . . igualito . . . Ya, ¿verdad?"

"¿Taylor? No, no me acuerdo . . ."

"Sí, h'mbre . . . habló muy bien de ti . . . mira el retrato . . . Taylor. ¿No ves?"

"No . . . no doy con él . . ."

"¡Chingao, Jehú! . . . ¿pos no que tienes tan buena memoria? A ver, ¿dónde está? ¡Ándale! ¡Acuérdate, h'mbre!"

"¿Qué quieres que te diga, Chente?"

"Mira, h'mbre . . . le traen a uno saludos desde Illinois y ahora no se acuerdan . . . Fíjate . . . y él que tanto se acordó de ti, h'mbre . . . Que tú le ayudabas a un ministro en el Army."

"Sí."

"Que una vez compraste un juego de tazas de te y que lo perdiste en la jugada . . . que . . . A ver . . . Sí; que una vez fueron tú y él en un troque a traer el correo . . . y que una vez ustedes se robaron unas plantillas pa' jugar béisbol . . ."

"¿Las plantillas? Ah, sí; ya me acuerdo . . . si todavía la tengo . . . Bob Taylor . . . Fíjate que no puedo precisarlo . . . Bob Taylor . . . p's no, viejo."

"But you do remember the glove, right? I knew it . . . look at the picture again . . ."

The face meant nothing to me. I could remember another Anglo bunch: Rice, a guy named Griffith and one named Griffin and Mac . . . something; Turley, Shoemaker or Shunutt; something like that. Glen Truax . . . I remembered the baseball glove; it was the one I used to play third base with . . . From Special Services, but they'd never distribute them, so we had to steal them.

"And you say he also stole a baseball glove?"

"No . . . yes . . . maybe . . . Actually I don't remember what he's said about that. But he did talk about the glove."

"I remember one whose name was Boers who played ball, but he was killed later on. He was short; dark hair."

And that was that, and Chente left, somewhat disappointed. I told him not to worry, that I'd remember eventually. And, I did: that same night, around three, it came to me: Springfield Bob Taylor; the 193rd Hq and Hq Company's Company Clerk. The C. O. was named Caldwell. No. Morrison. Caldwell came after Morrison was killed. Springfield Bob Taylor . . . hmph.

"¿Pero te acuerdas de las plantillas de béisbol? ¿Verdad? Ya lo decía
yo ... mira el retrato otra vez ..."
La cara no me decía nada. Me acordaba de otra bolillada: Rice,
un Griffith y un Griffin, Mac ... algo; Turley, Shoemaker o Shunutt;
algo así. Glen Truax ... De las plantillas sí me acordaba; era una
que usaba en tercera base ... Era del Special Services pero nunca
las repartían ...
"¿Y dices que él también se robó una plantilla?"
"No ... sí ... sí. Bueno, en realidad no me acuerdo. Pero sí habló
de la plantilla."
"Me acuerdo de uno que se llamaba Boers que jugaba a la pelota
pero a ese lo mataron. Un chaparro; pelo negro."

Por fin nos despedimos y con Chente algo decepcionado ... le dije que no se preocupara, que ya me acordaría ... Y así fue: esa noche,
a eso de las tres, desperté. Di con él por fin: Springfield Bob Taylor;
era el Company Clerk de la 193rd Hq and Hq Company. El C.O.
era Caldwell ... No. Morrison. Cuando mataron a Morrison entonces vino Caldwell. Springfield Bob Taylor ... qué cosas ...

Jehú Malacara VII

(Rafe's back teaching at Klail High. Looks good; says he'll stay a year, maybe two, tops. Since the print shop is doing well, we've got a sure summer job there.)

"Viola Barragán's taken on her third husband: Harmon Gillette. Money marries money, as the saying goes."

"Harmon Gillette—thirty years in the Valley, and he still doesn't speak Spanish—has buried two wives himself. He hasn't burned their pictures, but he doesn't keep them on his desk as he used to. I call that discretion."

"Others would call it something else, you know."

"Chicken shit?"

"Well, yes; but, please, no more interruptions. I was talking about the pictures, wasn't I? Well, they're no longer out in public view. The other day he came in without a hello—he may pay niggardly wages but he *always* says hello—and he went straight to his desk. Took the frames off, removed the picture from each one; he then hung new frames up on the wall. One of them said THIS IS NOT A UNION SHOP, and the other one was a certificate saying that Harmon Gillette, Jr. was an honorary deputy sheriff and that the piece of paper bestowed on him all privileges accorded to him by the diploma. The thing was that some out-of-town Anglo got twenty-five dollars out of him for that little paper. Honorary Deputy Sheriff! Jesus Christ can you . . ."

"You got off the subject of the pictures . . ."

"No, not really, Cross Eyed. As I was saying, he stuck the wives' pictures in a drawer; he then locked up the desk with lock and key (that really sounds good) and said:

'Ya Hoo! I'm getting married to Viola; I thought it best for you to be the first to know . . .'

'Am I then to infer, Mr. Gillette, that she doesn't know?'

'Ha! Of course not . . . I mean: she most certainly does know . . . What I mean is, she accepted me right off the bat. And what do you say to that?'

Jehú Malacara VII

(Rafa ha vuelto a enseñar en la secundaria. Se ve más contento;
dice que se estará un año, quizá dos, a lo más. Como la imprenta
va bien, los dos podemos trabajar en ella los veranos.)

"El viejo Gillette, después de unos doce años de viudez, vino a
caer en manos de Viola Barragán; el dinero busca el dinero, no vaya
usted más allá.

"Harmon Gillette—treinta años en el Valle y todavía no habla
español—ha enterrado a dos que yo sepa: aún no ha quemado los
retratos pero tampoco los exhibe en el escritorio como antes. A eso
se le llama discreción."

"Otros dirían otra cosa, tú."

"¿Coyotadas?"

"Bueno, sí; pero ya no me interrumpan . . . Iba en lo de los retratos,
¿verdad? Pues sí, ya no están a la vista del público. El otro día entró
sin saludar—paga poco pero siempre saluda—y se fue derechito al
escritorio. Cogió los marcos y extrajo un retrato de cada uno; los
marcos luego los colgó en la pared. Uno decía THIS IS NOT A
UNION SHOP y el otro era un certificado que decía que Harmon
Gillette, Jr. era diputado a cherife honorario y que eso le daba todos
los privilegios a él acordados por el diploma. La cosa fue que otro
bolillo (para cada listo hay otro más todavía; para cada zonzo pio-
joso, dos que los trasquilen, etc.) otro bolillo, digo, le sacó veinticinco
dólares por ese papelito."

"Te desviaste de los retratos . . ."

"De ninguna manera, mi egregio Turnio Morales. Pues, sí, metió
los retratos en un cajón; cerró el escritorio con llave y candado (qué
bien suena eso) y se dirigió hacia mí:

'Ya hoo, I'm getting married to Viola; I thought it best for
you to be the first to know . . .'

'Am I then to infer, Mr. Gillette, that she doesn't know?'

'Ha! Of course not . . . I mean: she most certainly does know
. . . What I mean is, she accepted me right off the bat. And
what do you say to that?'

"The rhyming reminded me of Brother Imás. Thinking of my old Lutheran friend brought a smile to these old lips."

'Well? The word, Ya hoo, is *congratulations*.'

'It most certainly is, and you have and deserve them, Mr. Gillette; Viola has an outstanding reputation.'

'Yes, and money into the bargain ...'

'Yes, there is that ... two birds with one shot.'

'What's that? There you go again ...'

'That's a double, Mr. Gillette; a two-base hit, two bulls eyes; a bonus. Money and a woman of repute ... if you know what I mean.'

'Well, yes; thank you, Ya hoo ...'

"That said, he put the desk keys in his pocket, went to his car, and the printing presses rolled on implacably ..."

"What's this 'rolling on implacably'? What are you carrying on about now?"

"No, no, I'm still making the same point. And it's true, as the fairy tale says: they got married and they lived happily, etc.

"I must say that Harmon G.'s life doesn't seem any different. The Rotary members must've talked about it themselves, but that's about as far as it got, if it went anywhere."

There were two printing shops in Klail, but Acosta's Mexican one doesn't count as far as the Rotary Club is concerned. Gillette, then, was the only printer in the Club according to the by-laws established by some men in Chicago who had so determined many years before."

"Jesus, Jehú, what are you on now?"

"The Rotary Anns would have been another matter but Viola didn't give them the chance, nor the time, nor did she even show her face there. She had some money at the First National and at the Klail City Federal Savings and Loan; added to a little money in usury, and a great, big chunk in those gold mines, the Busy Bee Burgers stands. Viola was still doing well. The weight had shifted; on an even keel."

"Hey, that's just you talking."

"Leave him alone, man. Go on. Jehú."

"Like I said: I saw her at the shop two or three times last week, and she hasn't changed, what more can I say?"

"And, did they get married?"

"Con tanta rima me pasó la leve sombra del Hermano Imás y uno que otro angelito ...

'Well? the word, Ya hoo, is *congratulations*.'
'It most certainly is, and you have and deserve them, Mr. Gillette; Viola has an outstanding reputation.'
'Yes, and money into the bargain ...'
'Yes, there is that ... un doble bolazo ...'
'What's that? There you go again ...'
'That's a double, Mr. Gillette; a two-base hit, two bulls eyes; a bonus. Money and a woman of repute ... what we call "una mujer que de reputa es conocida," if you know what I mean.'
'Well yes; thank you, Ya hoo ...'

"Y con eso se echó las llaves a la bolsa y se montó en su carro mientras las máquinas de la imprenta seguían su marcha implacable ..."
"¿Cómo que 'marcha implacable'? ¿qué es eso?"
"No, no; si sigo en lo mismo. Pues sí, como dice el cuento: se casaron los novios y etc.
"La vida de Harmon G. no parece haber cambiado. Los Rotarios hablarían entre sí pero hasta ahí llegó la cosa si es que haya llegado a alguna parte. Imprentas había una, bueno, dos; la mexicana de Acosta pero ésa no cuenta para los Rotarios. Gillette, pues, era el único impresor en el Club según sus leyes establecidas por unos señores en Chicago que así lo determinaron años atrás.
"Lo de las Rotary Anns sería otra cosa pero Viola no les dio la oportunidad, ni el tiempo, ni la cara. Tenía dinero en el First National y en Klail City Federal Savings and Loan además de un dinerito que otro a usura entre la raza y gruesa cantidad en esas minas de oro: la cadena Busy Bee Burgers. Viola seguía bien.
"Aumentó un tantito de peso, tampoco mucho; se tiñó el pelo de rojo lo más mínimo; en la cara un poco de lipstick, nada de colorete ni polvo. ¿Para qué les cuento más?"
"Oye, esas ya son cosas tuyas."
"Déjalo, h'mbre. Dale, Jehú."
"Lo que cuento es verídico: la semana pasada la vi en el 'shop' dos o tres veces y está la misma, ¿qué más?"
"¿Y se casaron?"

"Sure, they got married, and Harmon couldn't be happier."

"And what about Pius V?"

"Pius V's in his coffin and Viola's got her life to live."

"Good for her, damn it!"

"Sí; se casaron y el Harmon más contento."
¿Y el Pioquinto?"
"El Pioquinto en su ataúd y la Viola a su salud."
"Bien haya, chingao."

Jehú Malacara VIII

There may be older folks than Esteban Echevarría in Klail City, but if there are, I sure don't know them. To me, Esteban was the oldest. Over at Campacuás Ranch, or what's left of it by now, no one's older than eighty-five, but even if so, Esteban would still lead them by a couple of years.

At the hospital, when he gave his age as eighty-three, he was wrong: he turned eighty-seven on January 21, on St. Agnes' day.

His death was as gentle as the man himself; a fairly hard-drinking man until he was sixty plus, he gave it up then except for an occasional beer. The day his wife, doña Nieves, died was the day Esteban gave up his one and only vice as he used to call it. "I'm backing out, boys; quitting. No more for me, thanks. I've come to say good-bye and if you ever see me around here, it'll be to play dice—that's if Dirty will gimme a chair to sit on." He looked like a bullfighter waving at the crowd.

Rafe found him at sundown when he went to pick him up for a ride home. Rafe says Anselmo Estrada's dogs barked at him in recognition as he drove by in his pickup; he had taken a short-cut across the chopped down cottonfield running parallel to don Juan Carlos Peralta's mesquite tree. Rafe climbed up the mesquite and yelled in the direction of the creek and, soon after, the dogs quieted down; Anselmo then came over to see him.

The two of them carried Esteban Echevarría to Rafe's pickup; they then covered him with a tarp. After this, Rafe told Anselmo to call me at home.

By the time Rafe arrived at the Vegas' funeral home, I was already there, waiting for him, and we carried Esteban in and then Silvestre Vega took over. Silvestre explained that they had a brand-new incinerator and told Rafe the crematorium was at his disposal. Rafe said (evenly and controlling his temper): "I didn't bring him here for you to burn him." Silvestre backed off immediately and said, "Yeah; sure, sorry. You're right, Rafe, absolutely."

Afterwards, the two of us went across the street and spoke to Severo, the older Vega, and made the arrangements. Rafe pointed

Jehú Malacara VIII

Habrá gente más vieja en Klail City pero si los hay, yo no los conozco; sin embargo, todo puede ser, como decía Echevarría. Estoy en que Esteban era el mayor. Allá en el Campacuás, o lo que de ello queda, no hay nadie sobre ochenta y cinco años de edad, y si los hubiera, Esteban todavía los llevaría en dos.

En el hospital cuando dijo que tenía ochenta y tres, estaba en error: cumplió los ochenta y siete el 21 de enero, Santos Fructuoso e Inés.

Muerte apacible tal y como era Esteban, tomador hasta los sesenta y pico, entre poco más o menos, los últimos veintidós de vida no probó trago fuerte; de vez en cuando una cerveza. El día que murió doña Nieves, fue el día en que Esteban se quitó 'del vicio,' como él decía. "Me retiro, muchachos; les dejo el campo . . . Yo ya no . . . Vengo a despedirme y si me ven por aquí es pa' jugar a los dados si es que el Chorreao me dé silla que ocupar." Hasta parecía torero saludándole a todo mundo . . .

Rafa se lo encontró cuando vino a recogerlo al atardecer . . . dice Rafa que al cruzar el estero, los perros de Anselmo Estrada le ladraron en reconocimiento y siguió su camino; al cruzar el puente y luego pasar por el *flume*, echó travesía por el algodonal trillado yéndose derechito al mezquite del viejo don Juan Carlos Peralta . . . Allí quedaron de verse y allí se lo encontró tibio aún. Rafa se trepó al mezquite y dio voces rumbo al estero y dentro de poco se callaron los perros; salió Anselmo y se vino corriendo.

Entre los dos lo cargaron, cruzaron el puente, y le hicieron su cama en la plataforma de la troca de Rafa. Lo cubrieron con una lona y Rafa le dijo a Anselmo que me llamara.

Cuando llegó Rafa a que los Vega yo ya estaba esperándolo y entramos a Esteban al cuarto señalado por Silvestre el que se encarga de esto. Silvestre explicó que tenían un horno nuevecito y que si prefería usarlo, el crematorio estaba a su disposición. Rafa, muy quedo, dijo: "No lo traje para que lo quemaran." Luego luego el Silvestre reculó y dijo que "verdad, que no, no . . . que de ninguna manera . . . tienes razón, Rafa . . ."

out to Severo that the grave should be dug at the Four Families'
Cemetery.

"Shouldn't it be at the Klail one, Rafe?"

"No, we set aside his plot years ago; it's on the right, just off the
entrance."

"There? Where your great-grandparents are, Rafe? By the Vilches
family?"

"Yes."

Severo adjusted his glasses and said, "When do you want the
funeral, Rafe?"

"Tomorrow afternoon, around six . . . Can you do it by then?"

"At six . . . What about flowers and bouquets?"

"Whatever you choose, Severo . . . We're not going to church, or
anything like that; I'll speak to the priest tonight. I want only about
fifteen funeral cards made out."

"O.K. . . . Who's coming?"

"Jehú here, the families from the ranch, me . . ."

"It's just that . . . well . . . you know, Rafe, lots of people knew
Echevarría."

"That's not it at all, Severo . . . it's not a closed funeral; the problem is that the roads are unpaved in El Carmen. If it rains, it becomes
a mess out there. We'll see you at six."

So we left. By the time we got to El Carmen again, Israel knew
of Esteban's death, and he had just called Aaron. As a result, two
calves were slaughtered and some of the men got to chopping wood
for the barbecue pits. In the meantime, Anselmo Estrada had tied
up his dogs and he'd chosen the calves while his wife packed up
Echevarría's clothes in that old suitcase he'd gotten from don Víctor Peláez. Echevarría had asked that he be buried in khaki pants
and shirt, no tie.

Upon leaving Rafe's house, he said to me: "Let's go by the river
for a mesquite sapling . . . we won't chop it down; we'll just mark
it and next week we can then transplant it by Esteban's grave
marker."

The sun was about to set; the shadows lengthened across the water,
and the colors turned garish, like a bad painting.

"It looks like it'll rain tomorrow."

"Sure does."

Después fuimos en frente y hablamos con Severo, el hermano mayor, para hacer los arreglos. Rafa le dijo a Severo que el pozo se debía hacer en el Cementerio de las Cuatro Familias.

"¿Qué no va a ser en el de Klail, Rafa?"

"No; ya le tenemos un lugar señalado; está a la derecha, no más al entrar."

"Allí, ¿donde están tus bisabuelos, Rafa? ¿Al lado de los Vilches?"

"Sí, precisamente ..."

Severo se ajustó los lentes y dijo: "¿Para cuándo, Rafa?"

"Mañana por la tarde, a eso de las seis ... ¿se puede?"

"A las seis ... ¿flores y ramos?"

"Lo que tú escojas, Severo ... No vamos a la iglesia ni nada de eso; yo hablo con el cura esta noche. Quiero unas quince esquelas nada más."

"Ta bien ... ¿Quiénes van a venir?"

"Aquí, Jehú, las familias del rancho, yo ..."

"Es que ... bueno ... tú sabes, Rafa: hubo mucha gente que conoció a Echevarría ..."

"Si no se trata de eso, Severo ... que vengan los que quieran y entre más, mejor ... Lo que pasa es que bien sabes que en el Carmen los caminos están sin pavimentar ... si llueve, llueve, y ya sabes cómo se pone por alllá ... Allí te vemos a las seis."

Y nos fuimos. Para cuando llegamos al Carmen de nuevo ya sabía Israel y éste le acababa de llamar a Aarón. Con eso se mandaron matar dos becerros; otros hombres empezaron a cortar la leña para los pozos. Entre tanto, Anselmo ató los perros y se fue a separar los becerros mientras su mujer empacaba la poca ropa de Echevarría en el veliz que había recibido de don Víctor Peláez. A Echevarría se le enterraría con pantalón y su camisa khaki abrochada y sin corbata.

Al salir Rafa de la casa me dijo: "Vamos al río a buscar el mezquite más tierno ... no lo cortamos, no más lo marcamos y la semana que viene se lo sembraremos a Esteban."

El sol ya estaba casi desapareciendo; las sombras, como es natural, se alargaban y el cielo iba tomando esos colores que escogen los pintores malos.

"Parece que habrá lluvia mañana."

"Sí; parece que sí."

Rafe Buenrostro
Returns from Korea

RAFE BUENROSTRO I

Israel and Susana came for me up at the Missouri-Pacific station;
fifteen years later, there'd be no more passenger service, but for now,
one couldn't even imagine such a thing. If one comes to the Valley
by train, from Monterrey to Barrones, Tamaulipas, (mostly desert)
south to north, or up from William Barrett, north to south (again,
mostly desert), the Valley looks like an oasis. It's near the Gulf and
with the Río Grande gently flowing, and surrounded by a semi-desert
what one sees seems out of place: palm trees, citrus groves, Valley
bananas, cotton, if it's summer, and all kinds of vegetables, all year
round. The mesquite trees and wisterias grow like weeds there; from
time to time the scraggly retamas and white goose-foot shrubs and
the strong, firm scrub oaks, surround some of the pasture land. And
there's willows, chinaberry, and ebony. The fertility is also due to
underground water. There are sugar cane and sorghum crops towards
Edgerton where cantaloupes and watermelons are also a steady crop.
Relámpago usually brings the first bale of cotton; in Ruffing, it's
onions and strawberries. Each Valley town has some distinction in
this regard and Klail City has the sweetest navel oranges and best
cabbage anywhere.

I was home after three years and more; discharge papers in the
barrack's bag somewhere. The plan was to stay with Israel and Aaron
at El Carmen for a year. After that, no telling.

That, anyway, was what I had told myself while in Korea and
at Tokyo General. As I stepped down off the platform, I vaguely
remembered my last two weeks in Japan: saying good-bye to friends,
tending to some personal business and whatnot; a sort of pilgrimage,

Rafa Buenrostro
vuelve de Corea

RAFA BUENROSTRO I

Israel y Susana fueron por mí a la estación del Missouri-Pacific; de ahí en quince años se cerraría para los pasajeros pero por ahora uno estaba lejos de pensar en eso. Llegar al Valle por tren, ya fuera desde Monterrey a Barrones, Tamaulipas, en la frontera de sur a norte, o de William Barrett de norte a sur, llegando primero a Ruffing y después a los otros pueblos, se daba una vista bastante espectacular. El Valle, cerca del Golfo y con su río lleno de agua dulce, está rodeado por un semi-desierto y por consiguiente lo que aquí se ve parece fuera de lugar: palmas, naranjos, toronjos, plátanos del Valle, algodón en su temporada y verduras de todo tipo el año entero. Allí también se ven los mezquites y los huizaches; de vez en cuando retamas, comas, anacuas, y cenizos y los carrascos duros y fornidos que rodean ciertos pastos así como los sauces, fresnos y ébanos, que, todo mundo sabe, anuncian agua. Caña y sorgo rumbo a Edgerton donde primero, y antes que nadie, salen los melones y las sandías. En Relámpago, casi siempre, la primera paca de algodón; en Ruffing, la cebolla y la fresa. Cada pueblo tiene su fama y en Klail City las naranjas ombligonas y en verduras, el repollo.

Tres años y meses sin ver esto y ahora el plan era de ir a Klail lo más poco posible y de quedarme en las tierras de Israel y Aarón en el Carmen por un año. De ahí, a ver qué salía.

Eso, a lo menos, fue lo que me dije estando en Corea y en el hospital general en Tokio. Al bajar del tren me acordé ligeramente de las últimas dos semanas en Japón viendo amigos, atendiendo a

somehow. But that had been another life, and now I was home,
I was in the Valley.

At the station, *abrazos* and taps on the back; this had happened
before, when I returned from my first army discharge soon to marry
Conce Guerrero.

Israel picked up my barrack's bag, and I told him I'd sent some
other things from Fort Lewis; he said they were home already, two
boxes and a duffel bag.

Susana laughed and said: "Here, take *this* bundle." *Their* Rafe.

Israel laughed: "Your namesake. The first time you got wounded,
remember? We gave him your name."

"Just in case?"

"Just in case . . . we didn't tell anyone you were wounded, by the
way."

Susana: "He'll be three in September. Looks like you've got your
health back, Rafe. Hungry?"

"No. How about Israel here? Behaving himself, is he?"

"Ha! He's a load and a half, your brother is. You and Aaron should
pay me a salary. Right, Milo?"

Israel laughed again. "And I'm the best one of the lot. I'll tell you
who's going to be a handful—and you're carrying him right there.
He's asleep and he looks like an angel, but he's going to be something,
he is."

The usual talk: you'd think I'd never been away. That, now that
I think back on it, hadn't changed then and hasn't changed now.

The next day I told Israel I planned to stay put, at home, on the
ranch. The university plans were to be postponed for a year; two
maybe, but no more than three. I went on: that I'd go to Klail once
in a while; that I'd call on some people; but that I'd be staying at
the ranch as much as possible.

"I think that's the best thing, Rafe. I like the idea of your staying
here. We've always been a close family, you know that. I don't think
any of us know each other very well; maybe it isn't even important,
necessary. It's love, Rafe; and, we're family. I'm, what? thirteen years
older than you? That was quite a difference when I was twenty-three
and you were ten, but not now. You're around twenty-one or so,
and now we're closer in age, right?"

"Ah-hah. The other Buenrostros . . ."

negocios y recados; un tipo de romería. Pero aquello era aquello y ahora volvía al Valle.

En la estación, abrazos y palmadas igual que cuando volví del ejército la primera vez para luego casarme con Conce.

Israel me ayudó con lo que llevaba y le dije que había mandado otras cosas desde Fort Lewis; que sí, que habían llegado dos cajas y el *duffel bag*. Por fin salimos para el Carmen.

Susana dijo: "Toma este encargo."

Israel se rió "Ése es tu tocayo; cuando te hirieron la primera vez, le pusimos tu nombre."

"¿Por si las dudas?"

"Ajá ... acá uno no sabía nada ..."

Susana: "Cumple los tres en septiembre ... Tú te ves bien, Rafa. ¿No tienes hambre?"

"No. Y qué, ¿Israel se porta bien?"

"¿Quién lo aguanta? Tú y Aarón deben pagarme sueldo. ¿Verdad, Mailo?"

Israel volvió a reírse. "Y yo soy el mejorcito de todos. El que va a estar de la patada va a ser ése que llevas dormido ... ese tocayito tuyo va a ser de cuidado ..."

La plática de siempre: como si no hubiera estado fuera un día. Eso, ahora me pongo a pensar, fue lo que nunca cambió y hasta la fecha.

Al día siguiente le dije a Israel que pensaba quedarme en el rancho. Le dije también que lo de la universidad se iba a posponer un año; dos quizá pero que no pasaría de tres. Me escuchó sin comentario o pregunta. Le seguí: que pensaba ir a Klail de vez en cuando; haría ciertas visitas; pero sobre todo prefería quedarme en el rancho lo más posible.

"Me parece que es lo mejor ... ya que no hablamos anoche, hay que aprovechar. Me gusta la idea de que te quedes aquí ... nos queremos mucho porque la familia ésta siempre ha sido así, pero ... de conocernos, *conocernos*, no. Quizá no haga falta; quizá importe poco. En resumen, nos queremos porque somos familia. Te llevo en unos trece años; eso importó cuando yo tenía veintitrés y tú unos diez, pero ahora tú andarás en los veintiuno o dos y ahora los trece no importan tanto. Nos vamos juntando en eso de los años, tú ..."

"Verdad y mientras haya todos los Buenrostro que hay ..."

"Not that many, Rafe. Uncle Julian had Melchor and I buried both of them ... Dad had *us*; you, me, and Aaron. And that's it. As for the other Buenrostros, we're not even first cousins to any of them. They're family, sure, and we get along, but we're the ones ..."

"From El Carmen ..."

"Right; from El Carmen. It's just the three of us, and Aaron is five years younger than you are."

Susana stepped out into the porch to tell us that Jehú had just called from William Barrett; that he'd be in Klail in a couple of days and that he wanted to eat *buñuelos* ...

"*Buñuelos?* What's the occasion?"

"Because when we were in Japan and Korea, homecooking was what we all talked about. It's as simple as that. Jehú's going through the same thing, that's all. Did he say he was going to William Barrett?"

"No. He called from there. He's been there a week already. He was discharged at Fort Ben.

So Jehú would be here in two-three days; it'd been a long time, thirty months and more: another uniformed man getting off the train ... Man? Yeah; we were men already. We'd come to that.

"Ni tantos, Rafa. Tío Julián tuvo a Melchor y yo lo vi morir ...
Papá nos tuvo a nosotros y tú le llevas a Aarón en cinco años ...
fíjate ... Tocante a los otros Buenrostro, no somos primos hermanos
de ninguno de todos los Buenrostro que hay en el Valle. Son familia,
sí, y nos vemos bien, pero nosotros somos los ..."

"Los del Carmen ..."

"Eso; los del Carmen. Nosotros somos tres, no hay más. Nos vemos
bien con ellos pero ahí queda la cosa."

La plática se disolvió en esto y aquello y cuando Susana salió,
fue con el anuncio de que Jehú acababa de llamar de William Barrett; que llegaría en un par de días y que quería comer buñuelos.

"¿Buñuelos? ¿A razón de qué?"

"Es que allá a uno se le antojaba todo tipo de comida de casa;
ahora que estoy aquí se me van quitando las ansias ... a Jehú le
pasará lo mismo. ¿Te llamó que iba a William Barrett?"

"No. Me llamó de allí mismo ... que lleva una semana allí. Lo
licenciaron en Fort Ben Barton."

Jehú estaría aquí en dos-tres días; aunque ya iban para treinta
y pico de meses sin vernos, con un chiflido de "El quelite" empezaría
la vida de nuevo. Sí, al bajarse del tren aquel hombre ... ¿Aquel
hombre? Sí, en efecto, hombres ya ... a eso habíamos llegado.

Rafe Buenrostro II

With don Celso, Charlie Villalón's father.

I called on him a week after I came home; we spoke for a long time before and after supper. Around nine or so, the three girls came out to the porch:

What were those places like, Rafe?
Charlie, in a postcard, said that it got really cold over there.
You two had Japanese girlfriends, right? And one of them had a younger brother who was blind, right?
In one of the snapshots, Pepe Vielma had a mustache; we hardly recognized him.
Sonny Ruiz, in a letter a long time ago, sent us some Japanese paper money.

Don Celso blew his nose a couple of times and chuckled now and then at the things Charlie used to do; we then reminisced about the time a calf threw me into the cactus patch; he, don Celso, had pulled me out and there I was, all covered with thorns. We turned in around ten; one of the girls said my room was ready; it was Charlie's old room.

The next day, around seven, I was already on the porch when I spotted don Celso coming in from the goat pens. He waved with his hat and said: "What? Have you had breakfast already? Good. Let's have an extra cup of coffee."

When he saw my suitcase, he asked if I were planning to leave so soon; I said I wasn't, the presents were inside the suitcase.

"Let's see; what've you got there?"

The first thing was a snapshot of the four of us, dressed in civilian clothes. We were standing in front of a park in Nagoya, two months before the war.

"What are Sonny and Pepito Vielma laughing about?"

"No idea, don Celso . . . maybe only mainly on account of because, as we used to say."

"Ah . . . Charlie came out really well in this one, didn't he? (handkerchief again).

"What else have you got, son?"

Rafa Buenrostro II

En el rancho de don Celso Villalón, padre de Chale.

El día que fui a ver a don Celso, yo llevaba menos de una semana en casa; nos estuvimos hablando por mucho tiempo antes y después de la cena. A eso de las nueve salieron las muchachas al corredor:

¿Que cómo eran esas tierras?

Que Chale, en una tarjeta, había dicho que allá sí hacía frío.

Que ustedes tenían amigas japonesas y una con un hermanito ciego.

Que Pepe Vielma, en un retrato, llevaba bigote y que casi no lo conocían.

Que Sone Ruiz, en una carta de hace mucho, les había mandado dinero japonés.

Don Celso se sonó la nariz un par de veces más y luego se rió de las ocurrencias de Chale; también nos acordamos de cuando una becerra me tumbó en una nopalera chamuscada y que él, don Celso, me sacó estando yo cubierto de espinas. A eso de las diez nos dijimos buenas noches; una de las muchachas me dijo que mi cuarto estaba listo; era el cuarto de Chale.

Al día siguiente, a eso de las siete de la mañana, yo estaba sentado en el corredor cuando divisé a don Celso. Al verme, me saludó con el sombrero y al llegar dijo: "¿Qué? ¿Ya almorzaste? ¿No? Qué bueno ... entonces nos echamos un cafecito."

Al ver el veliz preguntó si ya me iba tan pronto; le dije que no, que lo había bajado para tener todos los regalos juntos.

"A ver, ¿qué traes allí?"

Lo primero fue un retrato de los cuatro, vestidos de civil en frente de un parque en Nagoya dos meses antes de la guerra.

"¿De qué se ríen el Sone y Pepito Vielma?"

"No sabría decirle, don Celso ... quizá nomás porque sí."

"Ah ... aquí salió muy bien mi Chale ... (el pañuelo de nuevo.)

"¿Qué más traes, hijo?"

"This is a personal gift, don Celso."

"How does it work?"

"Look here, you point it this way and push this little button over here."

"Is it German?"

"No, no. It's Japanese."

"And what about these other doo-dads?"

"Those, you turn with the left hand . . . see? When what you're pointing at is in focus, it'll figure out the distance automatically and there, its ready to take a picture. It aims for you."

"Like with deer?"

"Something like that . . ."

"But it must be more complicated than that."

"Well, somewhat; yes. But it's for a lifetime."

"That's true, too; so, the camera is Japanese, huh? Who'd think those shorties could come up with something like that, right?"

"These three jackets are for the girls; they're somewhat loud but that's how they make them over there."

"Else! Ana! Girls! Come here . . . look at what Rafe brought."

"This lighter is for you, too, don Celso. And this . . ."

"But it's Charlie, Rafe. Exactly. How did they make it? Is it made of stone?"

"I don't know how they make it . . . We took that picture in color, and the Japanese have developed a process which make pictures come out in relief and then they cover them like this, in clear glass."

"Those Japanese are really something. I appreciate it, Rafe. I really do."

He had his handerkerchief out by the time the girls came out; they loved the jackets but Charlie's picture stole the show.

"Look at Charlie! He . . . he's real."

"You're pure gold, Rafe . . . Pure gold."

"You're your father's son."

Else said: "It's close to eight, Dad. You haven't had a thing to eat yet. I'll bring out some *empanadas*, right away. Anita, Lema, come on. And thanks again, Rafe."

Don Celso: "I'd like to talk to you about Charlie. I mean, I wish you'd tell me about it. Not right now, no; next week. Are you free?"

"Absolutely. You can count on it."

"I couldn't talk about him now, son. Ah, here come the girls again. And thank you, Rafe. Again."

"Esto es un regalo personal, don Celso."

"¿Y cómo se usa?"

"Mire usted, le apunta por aquí y le aplana este botoncito acá."

"¿Es alemana, tú?"

"No, no. Es japonesa."

"¿Y estos otros aparatos?"

"Esos los voltea usted con la mano izquierda ... ¿ve? Cuando se vea claro a lo que se apunta, calcula la distancia y ahí está."

"¿Cómo en los venados?"

"Algo así ..."

"Pero esto debe ser más difícil, tú."

"Bueno, algo; sí ... pero es para la vida."

"También es verdad; ¿conque japonesa la cámara, ¿eh? ¿Quién lo diría de esos chaparros, verdad?"

"Estas tres chaquetas son para las muchachas; son algo chillantes pero así las hacen allá."

"¡Else! ¡Hija! ¡Ana! Vengan ... miren lo que les trajo Rafa."

"Este encendedor es para usted también, don Celso. Y esto ..."

"¡Pero si es Chale, Rafa! Igualito. ¿Cómo lo hicieron? ¿Es de piedra?"

"No sé cómo lo hacen ... Ese retrato lo tomamos a colores y los japoneses tienen un proceso que hace que los retratos salgan en relieve y luego los forran así con vidrio claro."

"Están cabrones esos japoneses, tú ... Mil gracias, muchacho."

Estaba con el pañuelo en la mano cuando salieron las muchachas; las chaquetas les encantaron pero el retrato del hermano mucho más.

"¡Qué bien salió Chalillo!"

"Eres un sol, Rafa. Un sol."

"El espejo de tu padre."

En eso estábamos cuando Else se acordó de la hora. "Ya vamos para cerca de las ocho, Apá. Usted no ha probado bocado desde que se levantó; ahorita les traigo las empanadas. Anita, Lema, vámonos. Gracias, Rafa."

Cuando se fueron, don Celso me dijo: "Quisiera hablarte de Chale. No. Digo ... quisiera que tú me contaras ... no ahora ... la semana que viene. ¿Estarás libre?"

"Cómo no, don Celso; cuente con ello."

"No; ahorita no se puede. Ya no han de tardar las muchachas ... Gracias, hijo; se agradece."

RAFE BUENROSTRO III

Susana had another son and no complications, so she was home three days later. They named him Juan after an old Peralta, and Luciano after a Buenrostro who had been one of the godfathers at my father's confirmation at the Salineño de los Conde Mission in Dellis County.

My sister-in-law was Señor and Señora de Andrea's only child; her mother, doña Barbarita was a Farias from the Edgerton Farias' and had come to stay at El Carmen with us to help out. Her husband, don Odón de Andrea was one of the 1927 Mexican exiles who'd made a living operating a rather small print shop and by teaching at a neighborhood Mexican school in Klail City.

Doña Barbarita had known my father; she was a few years younger than he: "Yes, I knew him well. I used to see him at family affairs, as you can imagine. The Campoys and we always got along well. More so in the case of the Vilches, I grew up on the Vilches ranch, and that's why I know all of this land like the back of my hand. Do you remember the salt water well, Rafe?"

"The one close to the monument, you mean?"

"No, not that one; the closer one. Did you know the Bohigas family? The ones with the bulging eyes?"

"I know who they are but I don't know them well. They lost that land near Bascom to the Leguizamóns, right?"

"Child! How do you know about those things? Anyway, from those lands you go along the river, going east, but before you get to the sand dunes, there, by the bridge. Do you know what I'm talking about?"

"Yes."

"Well, that's the salt water well I'm talking about. There, your father when he was a boy—younger than you—saved my father's life. I was just a toddler then. My father's horse had shied or something and knocked my father off. When he came to, his head was bandaged and he saw 'Quieto' holding a rattlesnake. Your father had whipped it to death. What happened was that when your father saw the frightened horse, he followed and lassoed it; calming it down, he

Rafa Buenrostro III

Susana tuvo otro niño; no hubo complicaciones y a los tres días en casa de nuevo. Le pusieron Juan, por un Peralta viejo, y Luciano por un Buenrostro que había confirmado a mi padre en la misión del Salineño de los Conde en el condado de Dellis.

Mi cuñada era hija única de los señores de Andrea; su madre, doña Barbarita, era Farías de los Farías de Edgerton y se vino a quedar en el Carmen para estarse lo necesario o como dijo ella: "Ya que sanó, hasta que se reponga." Su esposo, don Odón de Andrea fue uno de los exiliados de 1927 que se mantuvo con una imprenta más bien chica y dando escuela donde se enseñaba a leer y a escribir en español y donde se 'hacían las cuentas.'

Doña Barbarita conoció a mi padre siendo ella unos pocos años menor que él: "Sí, lo conocí bien. Asuntos de familia, como te podrás imaginar; nosotros y los Campoy siempre nos vimos bien. De los Vilches ni hablar, yo casi me crié allí con ellos y por eso conozco estas tierras tan bien como cualquiera. ¿Te acuerdas de la noria de agua salada?"

"¿De la que está cerca del monumento, dice usted?"

"No, esa no; más acá. ¿Tú conociste a los Bohigas . . . ? en esa familia a todos les abultaban los ojos."

"Sé quiénes son pero nunca los conocí . . . perdieron las tierras allá por Bascom a los Leguizamón, ¿verdad?"

"¡Diablo de muchacho! ¿Pero cómo te acuerdas tú de esas cosas? Bueno, de esas tierras coges la línea que da al este antes de llegar a los médanos; allí, cerca del puente quemado; ¿te acuerdas? Bueno, allí está otra noria salada. En ese lugar, tu papá, de joven, le salvó la vida al mío cuando yo era niña. Tu padre era todavía un muchacho, como te puedes imaginar. El caballo de mi padre se había espantado y dio una coz que lo tumbó y cayó fuera de sí; cuando despertó, llevaba la cabeza vendada y 'Quieto' tenía la cabeza de una cascabel sobre una roca. Tu padre la había matado a chicotazos. Pasó que cuando tu padre vio el caballo espantado lo siguió y luego

released it and followed it again; they got to the shortcut, followed the tracks, and found my dad there.

That horse was called "Little Drum." My father gave it to Quieto as a present. As a matter of fact, the bloodline of many of the horses in your Uncle Julian's herd come down from it. Did you know that?"

"No. Did you know my great-grandfather on my father's side of the family?"

"The first Rafael? Oh, no, child. He died about five years before I was born. But I knew doña Benita, your great-grandmother Campoy because she was younger, just like your great-grandfather on your mother's side, don José; I knew him, too.

"Did you also know Luciano Buenrostro?"

"Of course, and his twin, Justo, too. They both lived to be no less than eighty years old. Luciano, when he was a youngster, confirmed your dad, as was the custom, at the salt lake at the Condes Mission. That's the monument you mentioned.

"Now then, those old Buenrostros, and all of you Buenrostros are all related; they held that property near El Ebano."

"Yes, I know where it is. I used to work there in the summers; I'd stay with doña Virginia . . ."

"Justo's second wife who happens to be my mother's sister."

"Is that how we are related?"

"In part, that's how we're related on that side. Your mother-in-law, Modesta, may she rest in peace, was a first cousin of mine. And you know your Conce—may she rest in peace—was a Guerrero on her father's side, the coastal Mexican, but your Conce was also a Vidaurri on the side of doña Enriqueta's, the one who just died."

At that moment, Israel came out and told me he had to go to Klail. "No, it has nothing to do with Susana; I'm going to Ralston Feed. You want to go or stay?"

Doña Barbarita's string of names ended up with Conce and her family. While in Japan and Korea, I thought little about her; here it was another matter. Ten months of marriage is nothing but her memory of her drowning and her parents' drowning in the river was brought back alive . . .

We got married soon after my first discharge. The plans were for me to go to college in Jonesville. The following year, Easter Sunday, the families had gathered near the river. The day began like any other in March in the Valley: Cool, somewhat sunny inland but with dark clouds over the Gulf. The families gathered near the

lo lazó; al apaciguarlo, lo soltó y lo siguió de nuevo; llegaron al ata-
jo, siguieron las huellas, y allí se lo encontró.

"El caballo ese se llamaba Tamborito y mi padre se lo regaló al
tuyo ... bueno, precisamente de ahí viene la sangre de muchos de
los caballos de la manada de tu tío Julián. ¿Tú sabías de esto?"

"No. ¿Usted conoció a mi bisabuelo paterno?"

"¿Al primer Rafael? No, hijo. El murió unos cinco años antes de
que yo naciera. Pero conocí a doña Benita, tu bisabuela Campoy
porque esos eran más jóvenes, así como a tu bisabuelo materno,
a don José; a él también lo conocí."

"¿Y usted también conocío a Luciano Buenrostro?"

"Cómo no y a su gemelo Justo también. Duraron no menos de
ochenta años cada uno. Luciano, siendo jovencito, confirmó a tu
papá, a la usanza, en los Conde donde está el lago de sal. Bueno,
allí mismo está el monumento que confundiste.

"Ahora bien, esos Buenrostro, y todos ustedes, son parientes; esos
tenían aquel ranchito cerca de El Ébano."

"Sí, lo conozco. Allí iba yo a trabajar los veranos; me quedaba
con doña Virginia ..."

"La segunda esposa de Justo que viene siendo hermana de mi
mamá."

"¿Y por allí la parentela de todos nosotros?"

"No, por allí la parentela de ese lado. Tu suegra, Modesta, que
en paz descanse, era prima hermana mía. Tu Conce bien sabes que
era Guerrero por su padre, aquel mexicano costeño, pero tu Conce
también era Vidaurri por doña Enriqueta, la que se acaba de morir."

En eso salió Israel y me dijo que tenía que ir a Klail. "No, no se
trata de Susana; voy a Ralston Feed. ¿Te quedas mientras vuelvo?"

La hilera de nombres de doña Barbarita acabó en lo de Conce.
En Japón y Corea, pensé poco en ella; acá era otra cosa. Diez meses
de casados no es nada pero el recuerdo de cuando ella y sus padres
se ahogaron en el Río Grande estaba fuerte aún ...

Nos casamos al licenciarme del ejército la primera vez. El plan
era que yo asistiría al colegio en Jonesville ese septiembre. El año
entrante, en un domingo de pascuas, las familias se habían juntado
cerca del Río. El día empezó como cualquiera de marzo en el Valle;
fresco, con sol tierra adentro y con nubarrones en el Golfo. Las

Vilches' river bend ranch in Toluca; I'd gone with Israel to Río Rico to get who knows what for that afternoon, when a rain and hail storm caught up with us on the way back. It took over an hour and a half to make the usual twenty to thirty minute trip.

When we did get back, Israel and I were laughing, soaked clear through and covered with mud. When we got back to the picnic ground we knew something was up, something serious. Deadly.

Aaron, who must have been close to fourteen at the time, came running to us unable to talk. Israel got down immediately and ran to the river bank. I stayed behind with Aaron trying to find out what had happened. He kept repeating don Gervasio's and doña Modesta's names but said nothing about Conce. I remember this clearly.

I left him there and, before I got to where the families were, Israel, head down, came walking towards me.

familias se juntaron cerca del rancho de los Vilches en Toluca. Fui con Israel a Río Rico a traer no sé qué para esa tarde cuando nos cogió una tempestad con aguacero y granizo y por eso nos tardamos más de hora y media para hacer un viaje de veinte a treinta minutos.

Cuando por fin llegamos Israel y yo, veníamos riéndonos porque veníamos empapados y hechos de barro. El tiempo ya se había compuesto pero cuando llegamos al sitio donde estaba la gente y antes de salir del mueble nos dimos cuenta que algo grave había sucedido.

Aarón, que tendría unos catorce años en ese tiempo, llegó sin poder hablar. Israel se bajó inmediatamente y se fue corriendo. Yo me quedé con Aarón aún sin saber lo que pasaba. Repitió el nombre de don Gervasio y de doña Modesta pero nada de Conce. De esto me acuerdo claramente.

Lo dejé allí y antes de llegar a donde estaban las familias, Israel ya venía andando hacia mí.

Rafe Buenrostro IV

When the reserve called us up, (months before the war) that was the last time the Vielma family saw their son Pepe. We'd left Klail in civilian clothes; when we got to William Barrett, they took us straight to Fort Ben and back in uniform; two months later, Pier 92 in Seattle and bound for Japan.

When I got back from Korea, the first family I called was the Vielmas, but they weren't home; Israel thought they might be up in Austin on a visit. He knew, he said, that they planned to go to William Barrett before returning to Klail.

I asked Israel how the Vielmas had taken Pepe's death. They took it well enough, he said; they'd never get over it, but at least they were resigned to it. What else *could* they do?

"Did you hear Ventura got married? You didn't? To a Mexican girl from Jonesville; he met her up in Austin. They live there; she works for the state."

"Did he get his degree in architecture?"

"I think he's got a year to go; Ventura's got himself a parttime job in Austin working for a Mexican architect from San Antonio. I haven't seen him for a couple of years. You'll see him when you go up to Austin."

"And Ángela?"

"About the same. The last I heard, she was in an accident but nothing serious. She hasn't married yet, and it looks like she's taken after that aunt a' hers on her mother's side; the one who owns that export-import business at the Jonesville port."

"Águeda."

"That's the one ... But the Vielmas are doing all right."

I asked him if he remembered the time when the twins wanted to quit school. I knew Israel was going to laugh and it was good seeing him like that. Suddenly, he turned and said:

"You must've been about seven years old about the time Aaron fell down the stairs ... Well, around that time, Dad said that don Prudencio was 'a good person.' Yeah, you must've been seven when you started to eat over there on Tuesday evenings. I remember Dad

Rafa Buenrostro IV

Cuando nos mandó llamar la reserva, meses antes de la guerra, esa fue la última vez que los Vielma vieron a Pepe. Salimos de Klail vestidos de civil; cuando llegamos a William Barrett nos llevaron directamente a Fort Ben y de uniforme otra vez; a los dos meses, pier 92 en Seattle y al Japón se ha dicho.

Cuando volví de Corea, la primera familia que llamé por teléfono fue la de los Vielma pero no estaban; según Israel quizá todavía andarían en Austin. El sabía que también pensaban ir primero a William Barrett antes de volver a Klail.

Le pregunté a Israel que cómo estaban los Vielma. Que bien, que algo tristes de primero por la muerte de Pepe y que si nunca se conformaron, a lo menos se resignaron.

"¿Sabías que Ventura se casó? ¿No? Con una muchacha mexicana de Jonesville que conoció en Austin. Allí viven; ella trabaja con el estado."

"¿Y él ya acabó la arquitectura?"

"Creo que le falta un año; Ventura trabaja con un arquitecto mexicano de San Antonio allí en Austin. Llevo más de dos años de no ver al cuate. Pero está bien. Ya lo verás cuando te vayas a Austin."

"¿Y Ángela?"

"En las mismas. A ésa no le pasan los años. Lo último que supe fue que tuvo un choque pero nada serio. No se ha casado; parece que salió a aquella tía materna que es dueña del negocio de exportación-importación en el puerto de Jonesville."

"Águeda."

"Esa misma . . . pero los Vielma están bien . . ."

Le pregunté si se acordaba cuando los cuates rehusaron ir a la escuela. Sabía bien que Israel se iba a reír y daba gusto verlo así. De repente se acordó de algo y dijo:

"Tú tendrías apenas unos siete años porque creo que Aarón andaría en los dos cuando se cayó de los escalones . . . Bueno, en ese tiempo, Papá me dijo que don Prudencio Vielma era 'una buena persona.' Sí, debió ser cuando tú andabas en los siete y que empezaste a cenar allá cada martes . . . Papá dijo: 'Está bien que cene allí; es

saying 'It's O.K. for him to eat over there; it's just like home.' Dad
then called out to Aunt Matilda: 'It'd be a good idea to have the
twins over for dinner, too, at least José Augusto. He and Rafe get
along well. You pick the day, Mattie, and talk to Beba.' "

I'd forgotten about that; it could also be I never knew about it.
The years we ate dinner together belonged to a life long gone. I
couldn't even remember the first time Pepe and I started the Tuesday evening meals. It had gone on until we joined the army.

Pepe Vielma. It's hard to name him, to remember him. The army
was another life, though. And there, Pepe Vielma was Joey Vielma;
the Joey Vee who knew parts of Kobe and Nagoya better than
anyone; he, who had read just about everything. Joey Vee: "That
two gun's firing short; bring it up two clicks." And the time we got
drunk with the chaplain, that, too, was Joey Vee. Not the dead man,
however; the dead man was Pepe Vielma.

Israel's low voice, almost a whisper: "Hey ... where were you?"

I told him about the wake at the military cemetery, and then I
asked him for the keys: "I'm going to see Esteban."

"You brought Echevarría a present?"

"Yep; a bottle of Japanese wine and a lighter."

"He'll like that. Say 'hi!' for me; I've got to go, Rafe. I'll see you
tonight, tomorrow morning."

Israel headed toward the river to see how the new irrigation pumps
were working out.

I then went upstairs to pick up the presents and my eyes went
straight to my Aunt Matilda Buenrostro's photograph. I barely knew
my own mother, and so, I called my aunt "mother." As my father's
sister, she ran the house. Ours was somewhat like the Vielma's in
cleanliness and order and also in a certain ambience. While we didn't
have the Vielma's strictness, we did have the same peace and quiet.
At our house, problems were thought out; no yelling of any kind,
not even when Uncle Julian brought my father (dead, atop the horse)
just prior to my eighth birthday.

From what I do remember, my father was capable of spending
hours in the company of friends, saying scarcely a word when they
came to see him or when he himself paid them a call; something
he did often.

Suddenly, the door was pushed open: My namesake, young Rafe,
stared at me and then ran over for a hug. "Let's go look for your
mother; I've got to go to Klail. Is she in the back yard, the patio?"

como si estuviera en casa.' Después se quedó un rato sin decir nada y de ahí habló a tía Matilde: 'Sería bueno que los cuates cenaran aquí también; a lo menos José Augusto. Él y Rafa se llevan bien. Tú escoges el día, Mati, y hablas con Beba.'

Ni me acordaba de eso; quizá nunca lo supe. Los años que cenamos juntos formaron parte de otra vida; tampoco me acordaba de la primera vez que Pepe y yo empezamos a cenar juntos dos veces por semana. Eso duró hasta que nos fuimos al ejército.

Pepe Vielma. Aquí se me hace difícil recordarlo o nombrarle de otra manera; en el ejército, no. Esa fue todavía otra vida y allí Pepe Vielma era Joey Vielma; el Joey Vee que conocía partes de Kobe y de Nagoya mejor que nadie; él, que había leído de todo. Joey Vee: "That two gun's firing short; bring it up two clicks." Y cuando nos emborrachamos con el capellán aquella vez, ese también era Joey Vee. El muerto no; el muerto era Pepe Vielma.

La voz baja, casi en susurro, de Israel se oyó: "Eit ... ¿dónde andabas?"

Le conté lo de la parranda en el cementerio militar ... luego le pedí las llaves: "Voy a ver a Esteban."

"¿Le trajiste regalo a Echevarría?"

"Sí; una botella de vino japonés y un encendedor."

"Le va a gustar. Me le saludas al carancho; oye, me voy me voy ... nos vemos esta noche o mañana por la mañana."

Israel se dirigió rumbo al río otra vez para ver cómo iban las nuevas bombas de regar.

Subí a recoger los regalos y al abrir un cajón del armario vi el retrato de mi tía Matilde Buenrostro. Como casi no conocí a mi madre, llamé "Mamá" a mi tía; hermana de mi padre, ella dirigía nuestra casa que era algo parecida a la de los Vielma en limpieza y orden y también en cierto ambiente. No había la rigidez de los Vielma pero sí la misma paz. Los problemas en casa se pensaban; no se oían gritos a ninguna hora; ni cuando tío Julián trajo a Papá encima del caballo cuando yo estaba por cumplir los ocho años.

Mi padre, de lo que recuerdo, era capaz de quedarse horas en compañía de sus amigos sin meter basa cuando venían a verle o cuando él mismo iba de visitas porque a él también le gustaba hacerlas.

De repente la puerta se abrió de un jalón: Era mi tocayito-sobrino que se me quedó viendo y luego vino a darme un abrazo. "Vamos a buscar a tu mamá; tengo que ir a Klail. ¿Tu mamá está en el solar?"

"Yes."
"You've got a gravelly voice, young Rafe."
"Yes."
"Yes."

"Sí."
"Tienes la misma ronquera que tu padre, Rafa."
"Sí."
"Sí."

Rafe Buenrostro V

I'd brought several snaps of Pepe as well as a book on primitive Japanese art to the Vielmas; don Prudencio said he knew the name of the publisher. Of the photos, they already had a copy of one of them where Pepe and I were sitting at a sidewalk restaurant. Doña Genoveva said that they'd send that one to Buenaventura.

The Vielma's house, a lot smaller than I remembered it, was as neat as usual with everything in place. The door to the twins' bedroom, immediately to the right, was closed.

Don Prudencio took me to a small living room; he looked older somehow; Doña Genoveva, on the other hand, looked unchanged. At the time of my visit, she must have been fifty-eight or so, and don Prudencio some five years older. As we entered the living room, Ángela came out of the kitchen; a smile and a hug. Doña Genoveva joined us then.

The four of us hardly spoke; it seemed as if we were all waiting for someone else to come in. After a while, don Prudencio rose and this was the sign for us to go to the dining room. Without a word, he and I set about opening the windows that faced the east and the west while the table was being laid out.

After dinner, he and I went to the porch. The visit wasn't turning out the way I had imagined it. Little or nothing was said about Pepe—José Augusto—and I felt as no other time in that family, where frankness was a code and a tradition, that the silence was oppressive. Years later, after the university, I learned that the silence was not due to Ángela's way of life. Not at all. It was Pepe's death in Korea. Everything functioned as before: amenities, grace and courtesy; but the silence was deadly.

When I said goodnight on the porch, don Prudencio alone, walked me to Israel's car: "You look well, Rafe. Do you *feel* well?"

I said I did, and I promised I'd see him again. To this, don Prudencio said:

"This is your house as it's always been, and in the same way that yours was ... Pepe's."

Rafa Buenrostro V

A los Vielma les traje varios retratos de Pepe y un libro de arte japonés primitivo; de éste, don Prudencio dijo que conocía la casa que los imprimía. De los retratos que les traje ya tenían copia de uno donde Pepe y yo estamos sentados en un restorán. Doña Genoveva dijo que ése se lo mandarían a Buenaventura.

La casa de los Vielma, mucho más chica de lo que me la imaginaba, estaba como siempre: arreglada y todo en su lugar. El cuarto de los cuates, a la derecha inmediata, estaba con la puerta cerrada.

Don Prudencio me llevó a la salita; él se veía más viejo de lo que esperaba; doña Genoveva estaba casi como la dejé la última vez. En ese tiempo ella tendría unos cincuenta y ocho años de edad y don Prudencio le llevaría con cinco, a lo más. Al entrar a la salita, Ángela salía de la cocina y al verme vino y me dio un abrazo.

Los cuatro hablamos bastante poco; durante la conversación parecía que marcábamos tiempo como si esperáramos a alguien más. Al rato, don Prudencio se levantó y eso fue la señal de irnos al comedor. Sin hablar, nos pusimos a abrir las ventanas que daban al este y oeste mientras se ponía la mesa.

Después de la cena salimos al corredor. La visita tampoco iba como yo me imaginé que iba a ser. Se habló poco o nada sobre Pepe —allí, José Augusto— y aunque no se notaba marcada reticencia, vi que en aquella familia donde la franqueza, más que ley, era código y tradición, los silencios eran agobiantes; años después, después de la universidad, supe que los silencios no se debían a la vida de Ángela sino por la muerte de Pepe; pero allí, en ese tiempo, todo funcionaba como antes: amenidad, gracia y cortesía; pero el silencio pesaba como plomo.

Al despedirme, en el corredor, don Prudencio, solo, me acompañó hasta el carro de Israel: "Te ves bien, Rafa. ¿Te sientes bien, también?"

Le aseguré que sí y que no dejaría de volver. A esto, don Prudencio dijo:

"Esta es tanto tu casa como siempre... igual que la tuya fue casa de ... de Pepe."

Hearing him not say "José Augusto" surprised me, and, even more than his use of "Pepe," the timber of his voice. The conversation held no plan, no direction; it was depressing. Don Prudencio must've noticed it. He took my hand; this was followed by a silent hug. This, so natural in most people, was completely out of character; out of character for the don Prudencio I knew or thought I knew.

"I don't need to go to Jonesville tomorrow; they no longer need me at my age; the younger men do it all."

I didn't know what to say. The truth is that I, too, had nothing to say. At last I said: "Don Prudencio, *you're* the Herald. It needs *you*, not the other way round."

I was going to say more when he interrupted me: "What are you saying, boy? No, no. That's not true."

But it was true, and if he no longer exercised the power, the neatness, the accuracy of the Spanish section was there and it was due to him.

"I won't keep you any longer, Rafe. But do tell me this: Were you there? When José Augusto died, were you there?"

"Yes ..."

"Was he the only one?"

"No, don Prudencio. There were others; a sergeant and a corporal died, too. And, there were several wounded."

"And you were one of these, right? Little Aaron told me. Yes. By, the way, did you know Galindo wrote some verses in Spanish?"

"No."

"I'll give you a copy; maybe you can render them in English, Rafe."

"Me?"

"Yes, you. Look, tomorrow, since I'm not going to Jonesville, and if it's not too much trouble ..."

"Whatever you say, don Prudencio."

"As I said, if it isn't too much trouble, come by, say around nine tomorrow morning?"

"Whenever you say."

"You know the gifts are appreciated, and most of all, the company."

It seemed he'd acquired something of a military bearing; he remained erect and when I shook his hand, I thought he was going to salute.

Standing by the car door, don Prudencio spoke again: "It's a consolation, knowing he didn't suffer; and, too, knowing you were there, Rafe. Look, Rafe, Genoveva and I want to see you again. It's a lot

Oír no llamarle 'José Augusto' me sorprendió y más, sobre el uso de 'Pepe,' el timbre de su voz. La conversación sin plan ni ilación me había abatido y don Prudencio quizá lo notó. Me tomó de la mano y luego me abrazó. Esto, lo más natural en mucha gente, estaba completamente fuera de su carácter; o fuera del carácter de ese don Prudencio que conocí o que creí conocer.

"Mañana no necesito ir a Jonesville; ni me necesitan ya a mi edad . . . los chicos allá lo hacen bien."

Yo no hallaba qué decir. La verdad era que yo también estaba a punto de desvariar; esa noche aparentemente apacible había sido todo lo contrario. Por fin hablé: "Usted bien sabe, don Prudencio, que usted es el Heraldo."

No me dijo nada. Iba yo a decir más cuando me atajó: "¿Qué dices, muchacho? No, no. Eso no es verdad."

Pero sí era verdad y si ya no ejercía el poder de antes, la marca de pulcritud y seriedad se veía todavía en la sección de español y eso se debía a este señor.

"No te detengo más, muchacho . . . Dime esto; ¿estabas tú allí? Estabas cuando murió José Augusto?"

"Sí . . ."

"¿Y fue él el único?"

"No, don Prudencio. Hubo otros; un sargento y un cabo murieron también . . . También hubo varios heridos."

"Y tú uno de ellos, ¿verdad? Lo supe por Aaroncito . . . Sí. Bueno, así sea . . . Este . . . ¿sabes que Galindo escribió unos versos en español?"

"No . . . no los conozco."

"Te daré copia . . . a ver si los rindes al inglés, Rafa."

"¿Yo?"

"Sí, tú . . . Mira, mañana no voy a Jonesville, si no es molestia . . ."

"Lo que usted diga, don Prudencio."

"Digo . . . si no es molestia, vienes por mí a eso de las nueve de la mañana?"

"A la hora que usted diga."

"Te agradezco el regalo, sí; y tu compañía, muchacho."

De repente pareció que al enderezarse, tomó un vago aire militar; permaneció recto y al saludar con la mano creí que iba a dar un saludo igual, pero no, no era tal cosa.

Rumbo al carro don Prudencio habló de nuevo: "Un consuelo que tengo es que no sufrió; otro consuelo . . . Rafa, y ése es que tú hayas estado allí . . . Mira, Rafa, Genoveva y yo queremos que sigas

to ask, I know. You're young and you've got your own life, of course; but this is your home. Whenever you have time or whenever you think about it, come by."

I said I would and I did; I did so until I left for Austin, for the university, years later.

viniendo. Es mucho pedir porque eres joven y tienes tu vida, pero ésta es tu casa. Cuando tengas tiempo o cuando pienses en nosotros, pasa por aquí."

Le dije que sí y así lo hice; lo hice hasta que me fui a Austin, a la universidad, años más tarde.

Esteban Echevarría
R.I.P.

ESTEBAN ECHEVARRÍA I

This last election disaster was our own doing. No, no; don't interrupt. I'm going to tell the lot of you what I know, saw and witnessed. The truth plain and with no excuse-me-if-you-please.

It was like this: after the last elections, which the party almost threw away, those Anglos like, you know, Morris Frawley and Gene Brown, and all the rest, well, they decided that instead of just one Mexicano as commissioner of Belken, they'd go for two of 'em. A slice o' the orange, but at least it was going to be our orange. Those we picked were David Vizcarra from Edgerton and Lucas Escobedo from Jonesville. This is what we wanted, what we needed: good men, the both of them. That meant we'd have two of our people in county government and from both ends of the Valley. Those of us from Klail, Flora, Bascom and Relámpago were being overlooked but knowing David's and Lucas' integrity, there were no complaints. I'm not including Ruffing because our people there side with them; side against our people. Bunch 'a sell-outs.

Even so, as I was saying, that was O.K. with us. We'd have two of our people looking out for us. Well, you know the rest; money was spent; barbecues were held; and lots of beer was given out. Suddenly, one month before the elections, David Vizcarra dies. It's the primaries, true, but down here those are the ones that count, pure and simple.

And then, all of a sudden, the Mexicanos in Jonesville, with no consultation from this end of the Valley, go ahead and back an Anglo from Edgerton. Can you imagine? Handing over the hanging rope to your own executioner? Isn't that the damndest thing you've ever seen?

Esteban Echevarría
q.e.p.d.

ESTEBAN ECHEVARRÍA I

Este último desbarajuste vino y se hizo por la raza misma. No, no; no alcen la mano que voy a decir lo que sé, vi, y presencié.

La cosa fue así: entre los bolillos, ya saben, el Morris Frawley y Gene Brown y todos los demás, salieron conque en vez de uno iba haber dos raza como comisionados de Belken después de las últimas elecciones cuando el partido por poco perdía. Un pedazo de naranja, eso era todo, pero, a lo menos, era nuestra naranja. Los que salieron fueron David Vizcarra, de Edgerton, y Lucas Escobedo, de Jonesville. A nosotros nos convino: buenos hombres los dos y tendríamos dos raza en el concilio y así abarcaríamos todo el Valle de una punta a la otra. A nosotros en Klail, Flora, Bascom y Relámpago nos dejaban como hijos de monja pero conociendo la hombría de David y la de Lucas, no hubo queja. De Ruffing no digo nada porque allí la raza no levanta las astas y el que las levanta se acomoda en contra de la raza ... punta de cebolleros cabrones ...

Aun así, como digo, estaba bueno. Teníamos raza en las dos puntas del Valle y tan pronto cuela uno pa'l este como pa'l oeste. Ya saben; se gastó dinero, se hicieron barbacoas y se compró mucha cerveza. De repente muere David Vizcarra un mes antes de las elecciones, tú. Son las primarias, sí, pero aquí éstas son las que cuentan por la seguridad que dan pa' noviembre.

De repente—la raza misma—y yo sé lo que les digo, h'mbre, la raza de Jonesville, sin contar con nadie de esta punta del Valle, sale con un bolillo de Edgerton ... Miren, h'mbre: dándole la soga al que te ahorca. ¡Qué bonito, chingao!

The Anglos, no fools, said sure, O.K., they'd take Travis Alden, they'd support him. They'd *support* him! My God! We *never* learn. There was Nicholas Villa, or anyone of the Lamadrid brothers. That one. This one. Give me some names.

"Antonio."

Yes, that one. The twin, man.

"Alberto."

Right. Now, Edgerton isn't lacking in Mexican talent, right? And what happens? They come out with a Texas Anglo. Jesus! Frawley asked them, you want that one? Well, here he goes. What a way to run your own shop. What a way to look out for our own . . .

No, don't you tell me it doesn't mean much! Lucas Escobedo is no quitter, and he called Frawley and told him to wait. That he, Lucas, would come to Klail on such and such a day and then we'd see who would be selected: be it from Klail, or from Flora or from Edgerton itself, they're all in the same precinct, right?

You were with Lucas, Rafe, what happened?

"We gave him four names from this precinct; I was one of them, by the way; the others were José Antonio Chao, Chava Campoy and Romeo . . ."

Look at that! Four college men, and one o' them an attorney! Lucas said that's how it's done. Yes, sir. Look at what happened. Two days later, after that meeting in Klail, Pepe Tony Chao was chosen, and we were very happy because that way, Alden's name was removed, and Pepe Tony would be the one to support in the primaries. So now, we were back on track.

This I do know, you all, and nobody told me about it: the Texas Anglos told Alden that this was not his time—that there would be other opportunities for him. Alden accepted this. And, why not? He's got a good job with the county, right? The Texas Anglos have got us pretty well where they want us but it was a bona fide agreement. And then, what happened?

Some of our own people from this precinct who don't like Lucas because he's got the nerve to stand up, weren't happy with the new selection for commissioner. Alden, a partyman, seeing how the game was being played, said "No way." He'd wait, just like he said. He also saw the Leguizamóns' hand in it and he shook himself loose. Then, the Leguizamóns, took their masks off and turned against Pepe Tony Chao. Why, those Leguizamóns would turn on their own mother. Yes, they would.

Los bolillos, no pendejos, dijeron estaba bien; que si querían a Travis Alden, a ese lo postulaban. ¡A ese lo postulaban! Raza pendeja. Nunca aprendemos. Allí estaba Nicolás Villa, h'mbre, o cualquiera de los hermanos Lamadrid . . . Aquel. Este. ¿Cómo se llaman, tú? "Antonio." Sí. ése. El cuate, h'mbre. "Alberto." Ándale . . . En Edgerton no falta talento mexicano, h'mbre, y luego pa' salir con un bolillo. No, pa' qué ir tan lejos. El Frawley les dijo, ¿a ese quieren? p's ahí va. ¡Qué manera de controlar las cosas . . .! ¡Qué manera de ayudar a la raza!

No, p's casi nada: Lucas Escobedo que no es rajón, llamó a Frawley y le dijo que no se apresurara . . . que él, Lucas, vendría a Klail en tal y tal día y a ver a quién se seleccionaba: ya de Klail, ya de Flora o de Edgerton mismo; el precinto es igual, ¿no?

Tú estuviste con Lucas, Rafa, ¿y qué pasó?

"Le dimos cuatro nombres de este precinto: yo era uno, por cierto; los otros eran José Antonio Chao, Chava Campoy y Romeo . . ."

¡Fíjense! ¡Cuatro muchachos con colegio y hasta un licenciado! Lucas dijo que así se hacían las cosas. Sí, señor. Pero miren lo que pasó. A los dos días, después de la reunión en Klail, de los cuatro que nombramos, el que salío fue Pepe Toño Chao y bien contentos nosotros porque así se descartaba a Alden y sería Pepe Toño al que se le apoyaría para las primarias. Todavía vamos bien.

Esto yo lo sé, gentes, y no me lo contaron: los bolillos le dijeron a Travis Alden que esta vez *no sir* pero que ya habría otras oportunidades. Alden lo aceptó. ¿Y por qué no? Tiene buena chamba con el condado y ¿además qué? Los bolillos nos tienen donde nos quieren y el que no lo crea que salte. ¿Y luego qué pasó?

Parte de la raza de este precinto no contentos con uno, o no contentos con Lucas porque tiene huevos, intrigaron un chingo, que pa' eso sí somos buenos, chingao . . . El Alden, viendo la jugada, dijo 'nones,' desconoció la movida. También vio la mano de los Leguizamón y se zafó. Entonces los Leguizamón ¡ya estaría de Dios! se quitaron las máscaras y le dieron contra a Pepe Toño. Ni a la madre que los parió en sangre perdonarían esos cabrones . . .

Remember what they did then? They proposed Roberto Loyoza, one of their Leguizamón cousins, relative, nephew, son-in-law, who knows what. Here we were a little over two weeks before elections and still no agreement among our people. The Anglos couldn't lose, shoot! Our people were divided and, this time, we owed the division all to ourselves.

And what about the Mexicans from Klail? They'd been slapped twice, so, here comes Lucas Escobedo again.

He listened to all of them and said: "What's going to happen is that they're going to shaft us. The Leguizamóns are at it again. In Belken county, we've got what we've got because we made a decision and because we're not letting anybody get to us. Look: Chao will remain on the ballot. If Loyoza won't withdraw on his own, and you know who runs what in that camp, we'll let Loyoza stay on the ballot, too. These are the primaries and whoever wins here has to run again in November. We all belong to the same party, but we have to skunk the Leguizamóns now. Now!

"Look, don't think the Texas Anglos are going to interfere. They've got nothing to lose in this. We're the ones. What's happening is that we're no longer thinking about *all* the Mexicans; we're now thinking about one town against the other. Do you understand? We're doing the same thing that was done to us in the last century. When that happened, the few Mexican families with any land got taken by those Mexicanos who allied themselves with the Anglos. That's history, but it's the truth. My great-grandfather, don Ramón Luna, could well remember the shafting the Buenrostros, the Vilches, the Campoys all got . . . And that's where we're heading if we don't watch ourselves. That damned division. That's all."

And that's the way it was; Lucas came and described it exactly: We had to be serious and we had to stand together. But it didn't happen. It didn't happen. He himself nearly lost the primary election in his own part of the county. Over here, Pepe Tony got sabotaged by the Leguizamóns and by those who played ball with them. And you know what *they* got? Nothing. They didn't get a damned thing for their betrayal. They didn't learn a thing then, and they're not learning a damn thing now.

And, now what? Now, it's two years later and here come the next elections. The Texas Anglos are still with us, and we got two county commissioners of which only one is ours and the other one belongs to the Leguizamóns. And you can't tell me that the Leguizamóns

Casi nada: propusieron a un Roberto Loyoza, otro Leguizamón
primo, pariente, sobrino, yerno, la mierda, qué sé yo ... los bolillos
veían que la cosa apremiaba: las elecciones en poco más de dos
semanas y la raza todavía no se arreglaba ... Los bolillos no podían
perder: la raza dividida y ahora por su propia mano.
   ¿Y los de Klail? No una, sino dos cachetadas ... Allí viene Lucas
Escobedo de nuevo:
   "¿Que qué pasa aquí?" Escuchó a todos y dijo: "Lo que va a suceder
es que nos van a fregar. Los Leguizamón van a lo suyo. En el condado tenemos lo que tenemos por decididos y porque no nos de-
jamos ahora. Miren: Chao se queda en la balota. Si Loyoza no se
quita de por sí, y ustedes saben quién corre qué en ese campo, que
se quede Loyoza en la balota también. Estas son las primarias y el
que gane aquí tiene que correr de nuevo en las generales en noviembre ... somos del mismo partido pero hay que darles en la torre
a esos cabrones, que eso es lo que son.
   "Miren, no crean que los bolillos se van a meter. No tienen nada
que perder en esto. Los únicos que pueden perder somos nosotros.
Lo que está pasando es que no estamos pensando ya en los mexicanos; ahora estamos pensando de un pueblo contra otro. ¿Me entienden? Estamos haciendo lo mismo que nos ocurrió el siglo pasado.
Cuando eso ocurrió, las pocas familias mexicanas con tierra se vieron
atacadas por la raza que se alió con la bolillada. Esos son cuentos
viejos, pero es la verdad. Mi bisabuelo, don Ramón Luna, se acordaba bien de la joda que sufrieron los Buenrostro, los Vilches, los
Campoy ... Dios no quiera pero pa'llá vamos si no nos cuidamos
... División ... Eso es todo."
   Sí, gentes, el Lucas vino y lo pintó exactamente: seriedad y firmeza.
Pero no se hizo. Él mismo por poco pierde la primaria en esa parte
del condado. Aquí a Pepe Toño me lo maromearon los Leguizamón
y los que chaquetearon quedaron bien pagados: a esos cabrones no
les dieron una chingada cosa por su traición. Ni eso aprendieron.
   ¿Y ahora qué? Estamos a dos años después y ya vienen las otras
elecciones. Los bolillos como siempre y nosotros con dos comisionados del condado sólo que uno es nuestro y el otro es de los
bolillos ... Porque no me digan ustedes a mí que los Leguizamón

are our people. They say the chameleons change. Don't you believe
it. Chameleons only change their color. You remember that and
let's see if we can start learning—once and for all.

That's about it, boys. We've got to organize again. If we don't,
they'll have us by the short hairs again. Mine may be dry but they
hurt anyway.

We've got to unseat those Jonesville bastards; that's all. What we've
got is Lucas Escobedo, and he sits alone in that commission.

Here's the catechism: first, the Texas Anglo never loses; second,
we, if we go on like this, will lose what little we do have. The Valley
has enough people now, and instead of two commissioners, why
not three? Well? Because right now, Lucas is all alone, and he's the
only one who looks out for us. The only one.

We divided ourselves this time. The division began at home and
here's where it's got to get taken care of. Don't place all the blame
on the Anglo every time. You all know we go around saving them
the trouble, so, you know now, wake up!"

son raza ... Dicen que el camaleón cambia ... No se crean ... Lo único que cambia es el color. Aprendan eso y a ver si venimos dándonos cuenta de ciertas verdades ...

Eso es todo ... Mientras no nos organicemos de nuevo nos van a tener de los huevos. Los míos están secos ya pero como quiera duelen. Llevan ya muchos años de doler y lo malo es que esto pueda quedarse igual. Tenemos que desbancar a esos cabrones de Jonesville; eso es todo. Lo que tenemos allí en el concilio es a Lucas Escobedo y está solo en esa comisión.

Pase lo que pase, no se les olvide: primero, el bolillo no pierde; segundo, la raza, si seguimos así, vamos a perder lo poco que tenemos. El Valle tiene más gente ahora y en vez de dos comisionados, ¿por qué no tres? ¿Eh? Porque lo que es ahora, Lucas es el único que se preocupa por la gente de los otros pueblos ...

Ya saben, el desbarajuste empezó con la raza. Empezó en casa y aquí tiene que arreglarse. Y no echar la culpa completa al bolillo o a lo menos no siempre. Nosotros mismos les ahorramos el trabajo muchas veces, conque, ya saben, al alba ...

Esteban Echevarría II
Going West

Houses without porches, streets without lamp lights, friends who've died away, and the youngsters who no longer speak Spanish, who can't even say, "¿Cómo está?" Hah! The Valley's no longer, no longer the Valley, folks. The Anglos and their landed property, their banks, their legal contracts. Sure. People who know nothing of the legally binding handshake. Pharmacists with degrees but who don't even know who's who. Ranchers who don't ranch; and shysters wearing ties. What's the use of reaching eighty-three if everything's gone up in smoke? The Vilches. Dead. The Tueros? They're dead, too! The Buenrostros are almost gone and the founding families are drying up like leaves on a dying mesquite. By fraud, Rafe, the Valley was lost by fraud, with its good land now just about fenced in with barbed wire; the fields full of houses built by landlords who live among us without knowing who we are. Where are those truckers who used to take people up North? "Lollipop?" Leocadio Gavira? "Old Nickel?" Dead, or old and crippled, which is the same thing. What about the marketplace on San Antonio's Commerce Street? Has it been torn down? And Houston's open-air market? Dead. Time, too, dead and gone; dead and forgotten. I'm not afraid of death, but I admit I'm not worth it, Rafe. Let them throw me in the big canal! Now! Right now. Heh! And to think that in my day we knew more things than they do today with their radios and their telephones and the movies. Sure. Bad times, too; bad times with the rangers; *upholding the law!* Ha! And the big landholders who brought the rangers in. And the droughts; the pure hell of life. But! But those were my times, my people, my Valley. Yeah. Before there was such a thing as a Belken County or a Klail City and the rest of it, there were people, Rafe, people. Fields and small towns and that Río Grande, which was for drinking, not for keeping those on one side away from the others on the other side. No, that came later: with the Anglos and their civil engineers and all those papers in English. Heh! No, I can't deny it; no point in that. There were wholesale sellouts among our people. Our own people shafted some of our own — for free — just for

Esteban Echevarría II
Con el pie en el estribo

Casas sin corredores, calles sin faroles, amigos que mueren, jóvenes que ya no hablan español ni saben saludar ... ¡Je! Desaparece el Valle, gentes ... Los bolillos con sus propiedades, sus bancos y contratos. Sí. Gente que no reconoce un choque de mano como cosa legal ... Farmacéuticos con títulos, pero sin experiencia en la materia, rancheros que no labran y pueblerinos con corbata ... ¿Pa' que le sirve a uno vivir ochenta y tres años si todo lo que uno vio nacer está enterrado? ¿Los Vilches? Muertos. ¿Los Tuero? ¡También! Los Buenrostro se acaban y las familias fundadoras se secan como las hojas del mezquite doliente ... A la trampa, Rafa, a la trampa con el Valle, con su buena tierra ahora ya casi toda cercada con alambres de púa, eso llanos ahora poblados con casas de material hechas por patrones que viven entre nosotros sin conocernos ... ¿Dónde están los troqueros que llevaban gente pa'l norte? ¿*El piruli*? ¿Leocadio Gavira? ¿*El nicle*, tan renombrado? Muertos o viejos y tullidos que es la misma cosa que la muerte viva. ¿Y el mercado en la calle Comercio de San Antonio? ¿Estará allí? ¿y la marketa de Houston donde tanta gente se bullía? Muertos todos. El tiempo también muerto y olvidado; muerto y suspendido. No le tengo miedo a la muerte, pero también reconozco que no valgo la pena, Rafa. ¡Que me echen al canal grande! ¡Ya! Ahorita mismo. ¡Je! Y pensar que en mis tiempos se sabía más que ahora con sus radios y teléfonos y sus vistas. Sí ... Tiempos malos fueron aquellos también con sus rinches, la ley aprovechada, los terratenientes, las sequías y el engruesamiento de la vida misma ... pero ... al fin y al cabo era mi tiempo, mi gente, mi Valle querido ... antes de que hubiera tal cosa como el condado de Belken y Klail City y todo lo demás ... había gente, Rafa, gente ... Labores y rancherías, y ese Río Grande que era para beber y no pa' detener los de un lado contra el otro ... no ... eso vino después: con la bolillada y sus ingenieros y el papelaje todo en inglés ... ¡Je! No, no te lo niego, no, y ni pa' qué negarlo ... pero también hubo raza traicionera ... raza que jodía a la raza—y gratis—por el mero gusto de jodernos los unos a los

the fun of it, it seemed like. Bootlickers! Bloodsucking coyotes! What
a plague. But the sun rose and the sun set and everybody knew what
they were doing. A shameless lot. Cheats, all. Honor? None. Guts?
Even less. Virtue? Unknown. Fashioners of sleazy deals. And then,
hah, some of our people sold out at election time and kissed up for
a serving of barbecue and a couple of beers ... Heh! A few, but
they were there. Sure they were. The majority, though, wore straw
hats laden with sweat of their own brows ... People ... over-
worked and taken in for a long time and by everyone ... disbeliev-
ing yet full of hope: unread and yet with culture deep in their finger-
nails; Valley people, Rafe, this Valley of ours used by them as pawn;
Valley people who tilled the land but then lost it little by little; people
who, finally, moved up North never to return. Deserted neighbor-
hoods and, who knows, maybe that was a blessing after all. Friends
and the *patrones* underground, and I, on my way. But I remember,
Rafe. Meat hung out to dry on the wire clothes line and goats
slaughtered in our backyards, trees loaded with figs, and honey from
bees that drank the nectar from the orange blossoms. Sounds from
animals that one no longer sees or hears. Dances open to the public
and, now, I hear you even have to pay to get in, can you imagine,
Rafe? And what about our palm trees? Palm trees that grew as God
wanted them to until the Anglos came with those axes o' theirs and
then cut them down as if they were nothing. Incredible. Now, they're
the ones who sell palm trees for planting! Isn't that great? Who can
understand these people? Selling palm trees for planting. Ha! It was
they who cut them down. Palm trees that would bend but not break,
palm trees that lost their fronds and then would grow new ones
until the axes came. And the wars, Rafe. Those in the Valley, your
brother's overseas, and your own, Rafe, and those other wars of
theirs in which they always involve us. And this Valley ... who
can remember it now? I'm a Valley man, I have that honor, as the
old song says. And, now? Nothing. I'm leaving, Rafe, but you? You're
a young man who lives among the old who live with their old
memories.

Echevarría tired himself out and that's why he started to cough
in such a way that the tears ran; the shortness of breath produced
a wheeze. I then gave him a glass of lemonade and waited for him
to calm down; this was a Wednesday and he only had a few days
left in his world, the Río Grande Valley in his beloved and reviled
Belken County.

otros. ¡Lamiscones! ¡Coyotes chupasangre! Nuestra enfermedad nacional ... Pero el sol nacía y el sol se ponía y todo el mundo sabía
lo que hacían ... bola de sinvergüenzas ... gente tramposa que no
tenía palabra ni cara con qué sostenerla ... Gente con modales suaves
de trato feo ... gente de pocos huevos y sin pelo en el pecho que
se vendían en las elecciones o que chaqueteaban por un plato de
barbacoa y un par de cervezas ... ¡Je! Pero eran pocos. Sí. Los más
eran gentes con sombreros de petate bien sudados ... gente trabajada y engañada por mucho tiempo y por todo mundo ... Gente
incrédula y llena de fe, gente no letrada pero con la cultura en las
uñas, gente del Valle, Rafa, este Valle tan llevado y tan traído, gente
que a pulso ganó la tierra y que a paso lento la fue perdiendo ...
gente, que, por fin, se fue pa'l norte pa' no volver ... Barrios aban-
donados y quién sabrá si eso también no haya sido una bendición
... ¡Je! Amigos y patrones al pozo y yo en rumbo ... Me acuerdo,
Rafa ... Carne seca colgada en los alambres de la lavada y cabritos
que se mataban en los solares, árboles llenos de higos y de miel de
abejas que chupaban la flor de naranjos ... ruidos de animales que
ya no se oyen ni se ven ... bailes con gente invitada y ahora me
cuentan que se tiene que pagar la entrada, pero, ¿te das cuenta, Rafa?
Y allí están las palmeras ... Las palmeras que se daban en el Valle
y que crecían como Dios quería hasta que la bolillada vino con sus
hachas y las cortaron como si tal cosa ... Parece mentira. Ahora
ellos mismos venden palmas pa' sembrar ... ¡qué bonito, chingao!
¿Quién los entiende? Sí. Vendiendo palmas pa' sembrar ... Si ellos
fueron los que las cortaron ... palmas que se doblaban pero que
no cedían, palmas que perdían hojas y nacían otras hasta que
vinieron las hachas ... así como la gente. Rafa, y las guerras ...
las guerras de tu padre aquí en el Valle, las de tu hermano en el
oversea, y la tuya, Rafa, y las otras guerras de ellos a las cuales siempre nos inmiscuyen ... Valle, Valle, ¿quién te ha visto y quién te
ve? ... y yo soy del Valle, tengo el honor, como decía la vieja can-
ción ... ¿Y ahora? Nada ... Me voy, Rafa, tú te quedas ... muchacho
joven que vives entre los viejos y con sus viejos recuerdos ...

Echevarría se cansó y por eso empezó a toser esa tos que le traía
lágrimas a los ojos y la falta de aire a los pulmones que lo hacían
piar cuando trataba de respirar. Le di un vaso de limonada, me esperé
hasta que se apaciguara un rato y luego lo dejé para que durmiera;
estábamos a miércoles y ya le quedaban pocos días en su mundo,
el Valle del Río Grande y su querido y maldecido condado de Belken.

Esteban Echevarría III

I'm all right; no complaints here. I was married to Nieves for thirty-three years. A third of a century. There are those who die at age twenty. Oh, yes. God is great but He's not picky; it's also true that things don't always go well with me but that's not His fault. The Lord knows His business, all right. Rafe says I want to die, that I've made up my mind to die. No such thing. My time has come, that's all. I'm meant to live this much and no more. I've seen all there is to see and I never left Klail. According to what Rafe and Jehú tell me, the world outside the Valley is just like this one. Why, I'd go farther than that: it's not only just like this one, it's identical. Yes. And so are the people. Good, bad, all kinds. No complaints.

And I've had friends. Good, reliable friends. Valley people. I wonder how we came here? No matter. It's all the same, here or there.

Ah, there's a car stirring up dust. "Just as soon as it rains, Esteban, the real dirt settles down . . ." *Real dirt.* That's what my father called it; he who worked in this Valley all his life. And all of them Mexican. Mexican, but from "this side." "This side." Who made that up? That car is coming from Río Rico . . . It must be Rafe.

Río Rico, no bridge there since '42; only a barge for cars or a ferry for people. I remember when the liquor store burned down there. Belonged to an Arab. They call them Lebanese now. In those days they were all Arabs; even Candelaria Munguía's mother. What was that big woman's name? Chari? Chauri? Something like that. They had money, and then Cande fell in love with that lazy so and so Epigmenio. The Turk, they called her.

I've never had a nickname. "Echevarría this" and "Echevarría that" as if *that* were my nickname. Our people have always been on the button about name giving. Like the late Pius V. When I see you, Pius V, I'm going to ask you how come a doll as good as Viola picked you? And I know what you'll say: "I don't know what to tell you, Echevarría. I don't know, just because, I guess."

As a child, Pius V was called "Puppet." That was Maestro Castañeda's idea; another case in point. The Maestro, painter,

ESTEBAN ECHEVARRÍA III

... Ta bien, aquí no hay quejas. Yo estuve casado con Nieves treinta y tres años ... ¡Je! La tercera parte de un siglo. Los hay que no llegan ni a los veinte de vida ... Sí. Dios es grande y no es fijón; eso sí, a veces me va mal pero eso ya no es culpa de Él. El Señor sabe lo que hace ... Rafa dice que yo pienso morir; que me he propuesto a morir ... No es tal cosa. Ya me toca ... hay unos que viven más; pero yo, ni más ni menos. Lo que debía vivir y nada más. He visto todo lo que haya que ver sin salir de Klail. Según me cuentan Rafa y Jehú, el mundo afuera del Valle se parece a éste ... Yo iría más allá: no sólo se parece, lo es. La gente también ... unos buenos y otros malos y de todo, todos tenemos un pico. No me quejo.

He tenido amigos ... Sí; buenos y consecuentes ... Gente del Valle. El Valle ... ¿y por qué vendríamos a parar aquí? Quizá no importe ... lo mismo da ... aquí o allá.

Allá viene un mueble levantando polvo ... "Así que llueva, Esteban, se aplana la tierra-tierra ..." *La tierra-tierra* ... así la llamaba mi padre; él que trabajo toda su vida en esta región ... mexicanos todos, sí, pero de 'este lado.' 'Este lado' ... ¿quién inventaría eso del 'otro lado' y 'deste lado'? Ese mueble viene rumbo de Río Rico ... debe ser Rafa.

Río Rico ... allá no hay puente desde el '42; puro chalán para los carros o pato pa' la gente ... Me acuerdo cuando allí se quemó la tienda de licores ... era de un árabe ... Libaneses les dicen ahora ... en ese tiempo todos eran 'árabes'; hasta la madre de Candelaria Munguía ... ¿Cómo se apellidaba aquella mujersota? ¿Chari? ¿Chauri? Algo así ... tenían dinero y luego la Cande se enamoró como una changa de culo colorado con ese huevón de Epigmenio ... La Turca, sí; y no mal nombrada tampoco ... la gente a veces sabe lo que hace ...

A mí nunca me pusieron sobrenombre ni apodo ni mote para describirme ... 'Echevarría pa'cá' y 'Echevarría pa'llá' como si eso fuera mi sobrenombre ... Aquí debe ser como en cualquier parte en eso de los nombres ... la raza siempre ha sido medio cabrona pa'

carpenter and World War I veteran was called "Languor." Who knows why? Not me. Why was he called that?

That lottery bastard was called "Little Nose" but that was obvious. Damn fool. Who'd think of getting drunk in a hen roost? He fell dead drunk and those roosters don't forgive. He's lucky he didn't lose an eye. All that took place at don Celso Villalón's ranch; don Celso, "The Tiger of Saint Julia." And "Double Barrel," they also called him. Celso's getting feeble. He hasn't been the same since he lost Charlie in Korea. Good people don Celso. Charlie belonged to Rafe's generation. Jehú's, too . . . Two cousins Rafe and Jehú who really get along. Odd, I would think. They're not even alike. The government helped out Jehú with his college education but he got the support from the Buenrostro boys: Israel and Aaron who's called "Pertinacity." They're good boys but impatient. Not like Rafe. Rafe's like his father, "El Quieto."

Who planted that tree over there? This one here was planted by a Rincón-Buenrostro. That other one, too. I saw him do it myself. Oh, yeah, a Peralta married to a Buenrostro. Juan Carlos who was called "Big Hands." I saw him planting it when he was a youngster. "Big Hands" was the son of, of, of, of, ah, What was that man's name? It'll come.

Let's see. all the Olivares' are called "Cheeses," to this day . . . from the oldest to the youngest. The Arces were called the "Powders." "The Powder Men" Jehú used to call them. And, what about "Brady?" Those were some of the Cano clan. But not related to the ones from around here. Everyone of them was called "Brady" because they worked for a rancher by that name. You'd think we were slaves. Ha.

Lucas Barrón has been called "Dirty" since he was a kid. And now since he opened a bar, the nickname stuck. I wonder where Dirty got the name, *Aquí me quedo.* He owned another bar, too. The *San Diego,* but they made him close it up. It couldn't have been because of the gambling. They'd have closed them all up then. It must have been the women. Anything is possible. That Dirty knows his own mind. Not once has he ever had music at his place. "This is my bar and the people who come here come to drink and to talk. If they want music, let them go to the drugstore and sit on a bench. This is a *bar,* what the hell." At Dirty's the only noise comes from the kitchen where they fix snacks or from the beer tables with the dice and all . . . How much money did I spend there? But it was well spent: Dirty's beer is chilled on ice, as it should be. Heh! And, what

nombrar o pa' apodar . . . y no siempre con ganas de burla sino 'no más porque sí.' Como el difunto Pioquinto: 'No más porque sí.' Sí: "¿Y cómo vino a escojerte a ti un fierro tan bueno como la Viola?" "No sé qué decirles . . . creo que . . . no, no sé—no más porque sí."

A Pioquinto, de chico, le decían 'Títere.' Esas fueron cosas del Maistro Castañeda; otro que tal. Al Maistro, pintor, carpintero y veterano de la Gran Guerra le decían 'Lánguera.' Vaya usted a saber . . . A mí no . . . ¿por qué sería?

Al cabrón aquel de las rifas le decían 'Naricitas' pero eso se podía ver al golpe . . . ¿A quién se le ocurre andar pedo en los gallineros? . . . Se cayó debajo de uno y los gallos no perdonan . . . De milagro no le vaciaron un ojo . . . Eso fue en las tierras de don Celso Villalón: 'El Tigre de Santa Julia' y, a veces, 'Cagapostas.' Está algo acabado ya el Celso . . . desde que perdió a Rosalió en Corea no ha levantado cabeza . . . Buena gente el Celso . . . El Chale era de la camada de Rafa . . . y de Jehú . . . primos estos dos que se quieren; otra rareza: ni se parecen . . . El gobierno le ayudó a Jehú con su colegio pero el apoyo le vino por los muchachos Buenrostro: Israel y Aarón al que dicen 'Terquedad.' Son buenos muchachos pero de poca paciencia; pa' eso el Rafa . . . otro 'Quieto' vuelto a nacer . . .

¿Quién sembró aquel árbol? Éste lo sembró un Rincón-Buenrostro . . . aquel otro también . . . yo mismo lo vi . . . . . . Ah, ya . . . un Peralta casado con una Buenrostro . . . el Juan Carlos . . . a ese le decían 'Manotas,' sí . . .Lo vi plantar siendo hombre ya . . .'El Manotas' fue hijo de, de, de, de, ¿cómo se llamaba aquel hombre? Ya me vendrá.

A ver . . . a todos los Olivares les llamaban 'Quesos' y hasta la fecha . . . del más grande hasta el más chiquito . . . A los Arce les decían 'los polvos.' 'El powde-men' les decía Jehú . . . ¿Y la Brady? Sí; 'La Brady.' Esos eran unos Cano—nada parientes de estos de acá— a cada uno le decían 'la Brady' porque trabajaban con un ranchero de ese nombre . . . Ah, raza . . . ni que fuéramos negros, tú . . .

A Lucas Barrón lo apodaron 'El Chorreao' desde chico; eso a veces dura solamente entre los de su generación pero como abrió cantina y siempre estuvo a la vista, el apodo se le quedó . . . ¿De dónde sacaría 'El Chorreao' ese nombre de *Aquí me quedo*? No, no falta de ónde . . . Tuvo otra cantina, el *San Diego*, pero esa se la cerraron . . . No debió ser por lo de la jugada; no, qué va. Ya hubieran cerrado todas . . . sería por lo de las viejas . . . Todo puede ser. ese 'Chorreao' los lleva puestos; desde que lo conozco nunca ha tenido música en el lugar . . . "Esta es mi cantina y la gente que viene aquí viene a tomar

happened when they brought him the television set? Ha. "I'll fix it, Rafe . . . leave it to me." It lasted about a month.

What was Dirty's brother's name? He had two toes missing. Juvencio. That's it . . . Juvencio, "Two-toes." They had to chop two toes from his right foot when a one-hundred pound bar of ice fell on 'em. He hobbled for a while and then he learned to walk again. By himself. Gutty type. "Two-toes missing, but the one between the legs is still there."

And there was Abrán Loya, "The Wooden Man." He's the one who picked up Two-toes in that accident at the precooler. The Loyas. This one must be what's left of the old ones; one of the Maciels eloped with his sister; and then he took her back. She'd been used, he said. "Of course, you bastard, it was you," said old man Loya but Maciel said no, not me. That woman finally married an Anglo who owned a dairy. They used to call her the "Lenchita." I wonder what else they called her at home? And, now? The Anglo was called Maggie. What a name!

It's time to roll me a Black Duck. Hah. I saw these fields for the first time when I was five. No such thing as Bascom, Texas then. Right on Route 83 that forms the divider between the Buenrostros' land, the Farias' and then the Leguizamóns' land. Imagine having to think about those people during the few days I've got left on this earth. God must have put the Leguizamóns here for some purpose but damned if I know what it is. I'm twenty years older than Carmelita. Maybe more. She's sixty-five, if she's a day. If she's alive. Right after marrying that quadroon—or, at least, that's what they said that man was—they moved to Veracruz. And they didn't go empty-handed either. Hamilton. No. Not that. Hennington, that's it. I knew it. A beauty, she was. She'd set her sights on Julian Buenrostro, before he married Herminia, but that was out of the question. Maybe not. Maybe that would have settled things between the Buenrostros and the Leguizamóns. What the hell is the matter with me? The older I get, the dumber . . .

And my Nieves? Oh, she heard the dogs all right. "Don't go out, Esteban." I had to. Either one has the guts or one isn't worth a dime. Good woman, Nieves. No kids. Better that way, we got along better, too.

We got married right in the middle of the dog days in this very ranch; the priest who came was a red-headed Irishman. Can you imagine that? An Irishman in Belken? Almost bald, he was. Could

y a hablar . . . Si quieren música que se vayan a la botica a sentarse
en las bancas. Esto es una cantina, qué chingaos." Y la gente va
y va por eso . . . allí el ruido es en la cocina donde preparan la botana
o en las mesas con los dados y el cubilete . . . ¿Cuánto dinero dejé
allí? Pero bien gastado: la cerveza del Chorreao se enfría en hielo,
como debe ser . . . ¡Je! ¿Y qué pasó cuando le trajeron la televisión?
Casi nada. "Yo lo arreglo, Rafa . . . déjamelo a mí . . ." Duró cosa
de mes . . .

¿Cómo se llamaba el hermano del 'Chorreao?' Le faltaban dos dedos
. . . Juvencio . . . eso . . . Juvencio el 'Mocho.' Tuvieron que cortarle
dos dedos del pie derecho cuando se los trincó una barra de hielo
de cien libras. Cojeó por un rato y luego se enseño a andar bien
de nuevo . . . esos son de huevos . . . sí, sí. "Mocho y a veces cojo,
a ver si me entienden . . ."

A Abrán Loya le decían, bueno, le dicen todavía, 'Hombre de
Palo;' éste fue el que levantó al 'Mocho' Barrón cuando lo del accidente en la plataforma de los trenes de hielo; los Loya . . . éste
debe ser el único que queda de los viejos; a una hermana de éste
se la robó uno de los Maciel; luego la volvió . . . que no . . . que
ya estaba usada . . . "Pos, sí, cabrón, tú fuiste," dijo el viejo Loya
pero Maciel dijo que no y no. Esa mujer por fin se casó con un bolillo
dueño de una lechería . . . La Lenchita le decían . . . ¿Qué más no
le dirían en su casa? ¿Y ahora? Lo de siempre . . . el mundo cuela.
Al bolillo ese la raza le puso 'Mague' . . . qué ocurrencias.

Es hora de liarme un Pato . . . Sí . . . yo vi estas labores por primera
vez a la edad de cinco años recién llegado de lo que ahora es Bascom
. . . allá donde ahora está la ruta 83 había dos caminos que hacían
empalme y formaban la línea divisoria de la tierra de los Buenrostro
y primero de los Farías y luego de los Leguizamón . . . Y tener que
acordame de esa gente en los pocos días que me quedan . . . Dios
los puso aquí por algo pero hasta la fecha . . . A la Carmelita yo
la llevo con veinte años . . . quizás más . . . de los sesenta y cinco
no baja . . . si es que esté viva . . . Recién casada con el cuarterón—
o a lo menos se decía que eso era el hombre aquel—se fueron a
Veracruz. Solos no se fueron; ella tenía dinero . . . Hamilton. No.
No era así . . . Hennington, eso . . . ya decía yo . . . Era chula la
cabrona . . . Le echó los ojos a Julián Buenrostro cuando éste aún
no se casaba con Herminia pero qué esperanzas . . . Quizá no . . .
quizá eso hubiera apaciguado la cosa entre las familias . . . No, h'mbre
. . . ¿Qué chingaos tengo? Entre más viejo, más bruto . . .

priests have nicknames? One of Martín Lalanda's brothers became
a priest; he must be forty-five years old by now. Martín was called
"The cannon" and "Frog." They also called the Lalandas "the coyas."
First "cocoyas" and later "coyas" only. What does that mean? They
lived close to that skirtchaser who ran the gambling places on Twelfth
Street. He too was an illegitimate son of don Andrés. I can't
remember anything anymore. What *was* the womanizer's name? It'll
come to me, it'll . . . Nacho Balazos worked for him there. Nacho
Borda, short and tough; I don't think Nacho could read or write
. . . Rafe says that Nacho didn't chicken out the night the Tamez's
threw me into the mud puddle. Beautiful family the Tamez's. How
don Salvador and doña Tula got that gang between them is a mystery
to me. The milk must've gone sour in that union. Hardworking,
that they are, but they *like* trouble. Well, they used to like it because,
one by one they're all settling down. That's don Manuel Guzmán's
doing. And then don Manuel died; just like that. A good man. No
nicknames for him. No sir. A lot of people in this Valley, all right.
His wife Josefa was a Carrión; not strictly, though. Some Carrións
raised her. No! She *was* a Carrión; the *Celayas* raised her; don Juan
Nepomuceno, *himself*. That's right. Heck, I can still remember. My
memory isn't g. . . What was *that?* Oh, must be the freight train hook-
ing up.

How many people can the Valley feed? Heh! What a place, the
Valley. It's got everything, it does; a joy to live here and to die here . . .

I remember the drought of '14. A lot of our people went off to
San Juan de los Lagos, Jalisco. Faith, they said. Ignorance, too. They
had to do something, anything.

I got to see Indians in the Valley once. Civilized they were called.
Ha! Well, they couldn't be so civilized because over there, at Seago
Point, they burned down houses and huts and killed some people,
too. Seago Point is a new name because it used to be called "La
Lomita." Right. "La lomita del norte." That was Celaya land; it
belonged to that family with the bulging eyes . . . The Coys. No,
not the Coys. Their eyes bulged out as if they had been frightened.
Campoy? No, not that either. Monroy? No, no. What *was* their
name? Ugly people; and the women with those eyes like marbles.
Oh, yeah. Not Coy or anything like that! It was two Tafoya men
married to two Bohiga women. Right! Another of the Bohiga women
married the horsebreaker at the Tueros'. They lost their land, too.

¿Y mi Nieves? Sí; oía los perros y "No salgas, Esteban." Tenía que salir ... o se es fiel o no valemos una chingada ... Buena mujer la Nieves ... no tuvimos familia ... mejor, así nos llevamos mejor ...

Nos casamos en plena canícula en este mismo rancho; el cura que vino era un irlandés de pelo colorado ... ¡Qué cosas! Un irlandés en Belken. Casi pelón ... ¿Los curas tendrán sobrenombres? Un hermano de Martín Lalanda se fue de cura; debe tener unos cuarenta y pico de edad ... a Martín le decían 'El cañón' y 'Sapo.' A los Lalanda también les decían 'los coyas.' Primero 'cocoyas' y después 'coyas' no más ... ¿Qué será eso de *coyas*? Vivían cerca de aquel cabrón faldero que tenía las jugadas en la calle doce ... también era hijo ilegítimo de don Andrés ... Ya no tengo memoria pa' nada ... ¿Cómo se llamaba aquel viejero cabrón? Ya me vendrá, ya ... Nacho Balazos le trabajaba allí ... Nacho Borda; chaparro pero entrón; que yo sepa no sabía leer ni escribir ... Cuenta Rafa que Nacho no se rajó aquella noche cuando los Tamez me echaron en el charco de zoquete ... Hermosa familia los Tamez. Cómo don Salvador y doña Tula sacaron a esa pandilla entre los dos sigue siendo un misterio ... Pero ¡qué mala leche se cuajó allí! Trabajadores, sí que lo son, pero les gusta el pedo ... Bueno, les gustó porque uno por uno se va aplacando ... allí la mano de don Manuel Guzmán ... y morir Manuel, h'mbre; así, de repente ... Buena gente. Ese tampoco tenía sobrenombre ... Chingao pero cómo hay gente en este Valle. Su mujer, la Josefa, era Carrión; no, propiamente, no ... La criaron unos Carrión ... no, no. Sí era Carrión; la criaron los Celaya; don Juan Nepomuceno ... Eso. No, sí todavía me acuerdo. No me falta la mem ... ¿Ah, chingao? ¿Qué fue eso? Yo ya ... no, nada. Debe ser el tren de carga juntando vagones ...

¿A cuánta gente del mundo habrá dado de comer este Valle? ¡Je! Es chingón el Valle ... aquí hay de todo, sí; se da gusto vivir aquí y también se da gusto morir ...

Me acuerdo de la sequía del '14 ... mucha raza de aquí se fue a San Juan de los Lagos en Jalisco ... eso era mucha fe; brutismo, también, pero la gente no se puede estar quieta y a rezar y a andar se ha dicho ...

Yo llegué a ver indios en el Valle. 'Mansos' les decían ... 'los indios mansos.' ¿De dónde sacará la raza tanta chingadera? Pos ni tan mansos debían ser porque allá por Seago Point quemaron casas y chozas y mataron a la raza allí. El Seago Point es cosa nueva porque allí se llamó 'la cabecera.' Sí ... 'La cabecera del norte.' Tierras

And, who didn't? PROTACITO! Right, that was the horsebreaker's
name; hard as flint, he was.

That cloud looks like the late Plácido González. What a nose! "Do
you want to play a game of domino, Echevarría?" He was a hell of
a player and at checkers, too. "I pick the Coca Cola caps," he'd say.
"Those are mine." And play we would. He had gambling in the rooms
up on the second floor, but he himself would play domino or
checkers. Plácido González and Epigmenio Salazar; what a pair! God
makes them and they get together as the oxherd would say. Plácido,
hardworking and serious; Epigmenio Salazar, lazy and downright
silly. They'd spend long hours at it. "What about it, Echevarría, shall
we play some checkers?" Oh, yeh; that Plácido was good at 'em. He
never got married and, when he died, he left a will and all that stuff.
Well-prepared that Plácido. He put his nieces through college; amaz-
ing the way things turn out.

And now Rafe and Jehú are college men. University graduates.
That has a ring to it. U-ni-ver-si-ty gra-du-ates! Plácido's nieces and
these two and others, the Valley's coming along. Who would've
believed it? Who used to say that? One of the Carmonas. Sabas,
of course; he and his brother made all that fuss about the Bruno
Cano funeral thing. Heh! Bruno Cano! "Pour some beer; I don't
want any foam." That Cano so and so. To the grave, fatso! Of course,
Sabas Carmona. He was in the army during the 40's. I wonder how
he managed over there in India or Burma or who knows where?
I mean: he barely spoke English. Maybe he was a barber over there,
too. Most likely. Who's to know? He goes around with a newspaper
in his back pocket. "Remember, don Esteban, there's no charge to
you." He's never taken money from me.

I remember when they put up the first red lights. Why do we call
them that? *Red?* The Texas Anglos call 'em that.

The Texas Anglos. Who understands them? What was that Anglo's
name who married one of the Vidaurri girls from Relámpago? They
belonged to my generation. I saw them buried, too. Yes, I did. Rafe
took me to their funeral when he was just learning to drive. What
was that Anglo's name? No matter. Even his last name disappeared;
his sons turned out Mexican. Mackintaya. Don Edmund Mackintaya. No. Benjamín? That's it: Don Benjamín Mackintaya. Well,
maybe that's not the way it was written, but his sons spelled it that
way and that's how it's stayed. They said he was from up North.
So? *All* the Anglos are from up North! But people like to make up

de los Celaya y de aquella familia con los ojos saltones . . . Los Coy
. . . No, los Coy, no . . . Les abultaban los ojos como anduvieran
asustados . . . ¿Campoy? No, tampoco. ¿Monroy? No, no. ¿Cómo
se llamaban esos, tú? Feos los cabrones; y las mujeres igual con esos
ojos de canica . . . Ah, ya, ¡Que Coy ni qué barajas! Eran dos Tafoyas
casados con dos Bohigas . . . Sí. Otra de las Bohigas se casó con el
que domaba caballos en que los Tuero . . . perdieron las tierras . . .
¿y quién no? ¡PROTACITO! Eso; así se llamaba el domador; duro
como el pedernal.

Esa nube se parece al difunto Plácido González . . . tamaña nariz
. . . hasta parecía puro . . . "¿Quieres jugar una partida de dominó,
Echevarría?" Era bueno el cabrón, y pa' las damas también . . . "Yo
escojo las tapas de Coca Cola," decía. "Esas son las mías." Y a jugar
se ha dicho. Tenía jugada en los cuartos del segundo piso pero él
solo jugaba al dominó o a las damas. Plácido González y Epigmenio
Salazar; ¡lindo par! Dios los hace y ellos se yuntan, como decía el
boyero . . . Plácido trabajador y serio; Epigmenio Salazar huevón
y ocurrente . . . Se pasaban las horas enteras . . . "¿Qué, Echevarría,
le entramos a las damas?" No, sí era bueno el Plácido. Nunca se casó
y cuando murió dejó un testamento y toda la cosa. Previsor el Plácido
. . . Esa casa mandó a sus sobrinas al colegio; lo que son las cosas . . .

Y ahora Rafa y Jehú también son de universidad . . . universitarios
. . . ¡Qué bien suena eso: u-ni-ver-si-ta-rios . . . ! con las sobrinas de
Plácido y estos dos y otros más, el Valle va saliendo . . . ¿Quién lo
diría? ¿Quién decía eso cada rato? Uno de los Carmona . . . el Sabas,
sí; ése y su hermano formaron la pelotera cuando lo de Bruno Cano
. . . ¡Je! ¡Bruno Cano! "Échale cerveza; yo no quiero espuma." Raza
mandona . . . Cabrón de Cano . . . ¡Al pozo, barrigón! Sí; Sabas Carmona . . . travieso el Sabas pero buena gente . . . hasta estuvo en
el ejército durante la guerra mundial de los cuarenta . . . ¿Cómo le
haría allá en la India o Burma o qué sé yo . . . lo que digo: el inglés
lo chapuceaba . . . a lo mejor allá también era barbero . . . Sí; lo más
probable . . . ¿Quién lo diría? Y allí anda con su periódico en la bolsa
trasera . . . "Ya sabe, don Esteban, a usted no se le cobra."

Me acuerdo cuando pusieron las primeras luces coloradas . . . ¿Por
qué las llamábamos así? Las luces coloradas . . . Pa'l tráfico . . . Cosas
de los bolillos . . .

La bolillada . . . ¿Quién los entiende? ¿Cómo se llamaba aquel
bolillo cabrón que se casó con una de las Vidaurri de Relámpago?
Eran de la camada mía . . . a esos yo también los puse bajo tierra . . .

stories, too. Anglos are like that, too, and, boy! do they like to change
the names to everything. Edgerton they called Buford for a while
and then Edgerton again. It started out as the Chávez's ranch. Who
can understand them? They're not satisfied with what God has given
them. I'm getting silly. Satisfied! Ha! they don't even know the mean-
ing of the word . . .

What's wrong with those dogs? They're on the other side of the
marsh . . . What's going on there? That's a nice breeze. A great and
good tree the mesquite. Not a tall one, but it's a strong one. How
does the saying go? Let's see; "the *huizache* indicates plenty of water,
easy to get; the mesquite has little water, and you have to put it
to good use." True, a windstorm can come and bend the *huizache*
and uproot it, but the mesquite knows how to bend and survive.
The mesquite and its skimpy, sometimes thick, shade will endure.
An enduring tree, just like us. Good idea, that of the Buenrostros,
that the second son shall plant a tree at baptisms, weddings, and
funerals. Rafe's great-grandfather, the first Rafael, used to say, "Go
to the river and cut the tenderest root. I want to see it before you
do plant it." Don Rafael, "Quieto's" grandfather. In those days, don
Rafael must have been the same age I am now. No, he was older.
He made it to ninety-four. He had a high voice but who would think
of laughing at him?

When the mules dragged Hipólito Gómez, "Quieto's" horse shied
off and Quieto was knocked down and out. "Quieto" must have
been eleven years old then. No, Don Rafael must've been ninety-
plus at the time. The old man was sharp. Ah, that "Quieto!" Don
Rafael himself treated him: "Don't cry, Quieto; men don't cry; men
grunt. Don't cry, Quieto. Grunt. Men don't cry." Thirty years later,
that memory was one of the few things that would make "Quieto"
laugh. He'd tell the story on himself. "Don't cry, Quieto; men grunt
. . . Men don't cry. Grunt, Quieto. Grunt." And "Quieto" *would*
laugh. Aloud, too. Heh! I've known four generations of Buenrostros
and, to this day, only Israel and Aaron have had daughters. About
time, too. By now Rafe would have had one or two from the Guerrerito girl. There it is: Nieves and I with over thirty years of marriage and Rafe and Conce a year, at most. After that? Korea. Someday I'm going to ask him how it was over there. But, when? Ha!
I'm getting senile. Next thing, I'll pee or dirty up my pants. No. That
would be too much. I'd shoot myself first. That's right, and then
later God and I could settle accounts. But it's not right for a person

Sí; Rafa me llevó al entierro cuando apenas aprendía a manejar . . .
¿Cómo se llamaba el bolillo aquel? Ya se me olvidó . . . hasta el
apellido se borró porque los muchachos salieron raza . . . Mackintaya . . . Don Edmundo Mackintaya . . . No. ¿Benjamín? . . . Eso:
don Benjamín Mackintaya . . . bueno, así no sería pero así lo
deletrearon los hijos y así se quedo . . . Que era del norte, tú. ¡Qué
nuevas! ¡Si todos los bolillos son del norte! . . . Lo que pasa es que
a la raza le gusta componer . . . Los bolillos también son así, y cómo
les gusta cambiar el nombre de las cosas . . . a Edgerton le pusieron
Buford por un tiempo y luego Edgerton otra vez. Empezó siendo
el rancho de los Chávez . . . ¿Quién los entiende? No saben conformarse con lo que Dios les ha dado . . . Me estoy volviendo zonzo
. . . ¡Conformarse! ¡Ja! . . . ni conocen la palabra . . .

¿Y esos perros? Están al otro lado del estero . . . ¿Quién andará
por allá? Pero qué linda brisa . . . Buen árbol el mezquite . . . No
crece alto, no, pero macizo . . . ¿Qué es el dicho? A ver . . . "El
huizache anuncia mucha agua y fácil de sacar; el mezquite lleva poca
y la tienes que lograr . . ." Sí; pero cualquier aire de chubasco viene
y dobla el huizache y lo desenraiza . . . mientras que el mezquite
sabe doblarse y sobrevivir . . . Duradero el mezquite con su sombra
rala y a veces espesa . . . Un árbol aguantador como la raza . . . Buena
idea la de los Buenrostro de que el segundo hijo siembre un árbol
en los bautizos, casamientos y entierros . . . El bisabuelo de Rafa,
el primer Rafael, decía: "Váyanse al río y corten la raíz más tierna
. . . quiero verla antes de que la vayan a plantar . . ." Don Rafael;
el abuelo del 'Quieto.' En ese tiempo don Rafael tendría la edad que
tengo yo ahora . . . No; más. Le pegó a los noventa y cuatro. Tenía
la voz alta pero nadie se reía. Qué se iba a reír la gente . . . Don
Rafael . . .

Cuando a Hipólito Gómez lo arrastraron las mulas, el caballo del
'Quieto' se espantó y me lo tumbó . . . 'Quieto' tendría once años
y yo todavía mayor . . . No, don Rafael ya tendría sus noventa y
pico en ese tiempo . . . Vivo el viejito . . . ¡Ah qué 'Quieto'! Don
Rafael mismo lo curó: "No llore, Quieto; los hombres no lloran; los
hombres pujan . . . No llore, Quieto . . . Puje. Los hombres pujan
. . ." Treinta años después, ese recuerdo era una de las pocas cosas
que hacían reír al 'Quieto' a carcajadas. Él mismo contaba el cuento. "No llore, Quieto; los hombres pujan . . . Los hombres no lloran.
Puje, Quieto. Puje." Y cómo se reía el 'Quieto.' ¡Je! Yo he conocido
cuatro generaciones de Buenrostros y hasta la fecha sólo Israel y

not to be able to control himself. Ha! I wonder what time it is? Not long before Rafe gets here. Unless he comes early. Two hours until sunset, looks like. That August sun will eat you up. As said: I have no complaints. Tomorrow will be just another day; God willing. God willing; yes, everything depends on the Lord.

Aarón han tenido mujercitas ... hacía falta ... Pa' estas alturas, Rafa ya tendría uno o dos de las Guerrerito ... Ahí está: yo y Nieves con más de treinta años de casados hasta que se me murió y Rafa y Conce un año, a lo más ... Y de ahí a Corea ... Un día le voy a preguntar de cómo les fue allá ... ¿Pero cuándo? No; no ... ya voy chocheando ... lo único que me falta es que me mee o que me cague en los pantalones ... No. Éso ya sería el colmo ... Primero me doy un tiro ... sí y luego Dios y yo arreglamos las cuentas ... no está bien que un cristiano no se pueda controlar ... ¡Ja! Pa'lo poco que me queda ... ¿Qué hora será ya? Con la puesta del sol no ha de tardar Rafa ... a no ser que venga temprano ... Al sol ése le faltan dos horas ... sol de agosto, cabrón ... Pues no, ¡qué caray! no tengo quejas ... Mañana ya será otro día y si Dios dispone ... Sí; verdaderamente, todo depende del Señor ...